가볍지만
가볍지 않은

가볍지만
가볍지 않은

강주원 산문집

비로소

가볍지만 가볍지 않은

나의 생각

나의 경험

그리고

우리의 고민

목차

가
볍
지
않
은
생
각

시
계
추
인
생

사람들이 말하는 안정적인 길이 있었다. 내게 그 길은 시시해 보였다. 그래서 반대의 길을 택했다.

그 길을 걷다 보니 불안해지기 시작했다. 나의 미래가 불안해지고, 내가 믿었던 신념이 흔들리고, 나를 바라보는 시선 또한 불안해졌다. 그 모든 불안을 떨쳐버리고 싶었다. 내가 시시하다고 말했던 그 길로 걸어 들어갔다.

안정적이었다. 인간관계도, 수익도, 삶의 패턴도. 전보다 훨씬 안정적이었다. 그리고 그 안정감은 내게 권태를 가져다줬다. 새로울 것 없는 인간관계, 변화 없는 수익, 매일 반복되는 것 같은 하루 일과. 권태는 쌓이고 쌓여 더는 견딜 수 없는 지경이 됐다. 나는 다시 불안을 택했다. 그리고 그토록 싫었던 권태를 택했고, 또다시 불안을 택했다.

쇼펜하우어는 인생은 권태와 불안을 시계추처럼 왔다갔다하는 것이라고 말했다. 하지만 우리는 매번 속는다. 불안하면 권태가 새로운 삶을 가져다줄 것이라 믿고, 권태로우면 불안이 새로운 삶을 가져다줄 것이라 믿는다. 하지만 결국 깨닫는 건, 나는 결국 이 불안과 권태 사이를 시계추처럼 왔다 갔다 하는 존재라는 사실이다.

일
단
해
본
다

뭔가를 시작하기 전에 주저하게 되면 나는 주문을 외운
다. 일단 해보자. 일단 해보자. 일단 해보자. 그렇게 일
단 해본다. 그럼 대부분 결과는 내가 예상했던 대로다.
생각만큼 잘 안 된다.

그럼 둘 중 하나를 선택한다. 그대로 그만두거나, 다시
해보거나. 만약 내가 그만둔다면 나는 이렇게 생각한다.
'이것에 대한 내 마음은 여기까지였나 보구나.'

그게 아니라 부족한 점을 고쳐서 다시 도전하고,
또 도전하는 내 모습을 보면 나는 이렇게 생각한다.

'이것에 대한 내 마음이 이 정도로 큰가보구나.'

그러니 일단 해본다. 하고자 하는 일에 대한 내 마음이
어디까진 지 확인해보기 위해서라도 일단 해본다.

비로소
행복할 수 있을 때

나를 위한 선택을 하기로 했다. 조금은 이기적일지라도 타인이 아닌 나를 위해, 누군가의 무엇으로서가 아니라 온전한 나를 위해.

그런 선택들이 하나 둘 늘어 내 삶을 이뤘다. 엉성하고 부족하지만 내 선택들로 이뤄진 삶이었다. 혹여 잘못된 선택이었다 하더라도 남을 탓할 수 없었다. 스스로를 탓할 수밖에 없었다. 그래서 좋았다. 선택으로 인한 책임 마저도 내 것이었으니까.

나를 위한 선택들이 내 삶에 가득할 때,
나는 비로소 행복할 수 있었다.

이자식도

이렇게 사는데

나의 삶이 다름이 아니라 뒤처짐이라고 느껴질 때가 있다. 내가 다른 길을 걷는 게 아니라 남들보다 뒤에서 걷고 있는 게 아닐까 의심될 때가 있다.

나는 그럴 때 친구들을 찾는다. 나와 다른 길을 걷는 친구들. 가끔 내가 봐도 정말 말도 안 되는 길을 걸어 조금은 걱정이 되는 친구들. 그런 길을 걸어 사회적 부와 명성을 이룬 사람들 말고, 지금은 별거 없는데 괜히 기대되는 친구들. 그런 친구들을 보며 위안을 얻는다.

'이 자식도 이렇게 사는데 뭐가 문제야. 괜한 걱정 하고 있어.'라는 이상한 안도감을 얻는다.

후회할 거면서

우린 항상 미루고 후회한다.

내일 하지. 다음에 가지. 이번엔 바쁘니까.
오늘 말고 다음에, 다음에, 다음에.

계속 다음을 외치다 이제는 그 '다음'이 없다는 사실을
맞이하면, 그제야 후회를 하지. 그리고 후회하는 그 순
간 다짐을 해. 이제는 절대 미루지 말아야지. 그리고 일
상으로 돌아가면 또 미루고 또 후회하겠지.

우리는 이짓을 몇 번을 반복해야,

미루고 후회하는 일을 얼마나 반복해야,

미련하게 미루는 짓을 멈출 수 있을까.

영원한 건 없다

영원한 건 없다는 말은 변하지 않는 것은 없다는 말과 동일하다. 지금도 주변을 둘러보면 모든 것은 변하고 있다. 스피커에서 흘러나오는 음악의 음들이 변하고 있고, 세탁기 돌아가는 소리, 그 안에 들어있는 세탁물의 모양들이 수시로 변하고 있다. 이 글을 쓰느라 키보드도 수시로 들어갔다 나오기를 반복하고 있으며, 키보드를 두드리는 내 손가락도 계속해서 변하고 있다. 내 호흡, 눈, 발, 발에 달린 털, 공기 중에 먼지 등 변하고 있는 걸 세자면 끝도 없다. 변하는 건 지극히 자연스러운 현상이다.

그대로인 건 하나도 없다. 변하는 게 이상한 게 아니라 변하지 않는 게 이상한 것이다. 그걸 인정하면 된다. 이해해야 한다.

친구 사이의 존중

어릴 땐 그랬었다. 허물없이 막 대하고, 남에게 못할 말도 쉽게 할 수 있고, 때론 친구의 치부를 드러내 상처를 줄 수도 있다고 생각했다. 우린 친구니까. 친구라는 이름으로 모든 게 용서된다고 생각했다.

하지만 나이가 들수록 친구 사이에 가장 필요한 건, 존중이라는 걸 깨닫는다.

허물없음과 막 대함을 구별할 줄 알고 혹여 상처가 될

만한 말은 삼갈 줄 알고 친구의 치부를 감춰줄 수 있는,
서로를 존중하는 친구가 진짜 친구라는 걸 뒤늦게 깨닫
는다.

각
자
의
행
복

난 사람들이 모두 행복하게 살았으면 좋겠다. 다만 각자가 '스스로 정의 내린 행복의 기준'에 따라 살았으면 좋겠다.

돈을 많이 벌어야 행복하다면 돈을 많이 벌면 좋겠다. 명예와 권력을 손에 쥐어야 행복하다면 그렇게 했으면 좋겠다. 평생 음악을 해야 행복하다면, 평생 배우를 해야 행복하다면, 대기업의 회사원이 돼야 행복하다면, 공무원이 돼야 행복하다면 꼭 그렇게 했으면 좋겠다. 그런 거 다 필요 없고 소소한 가정을 꾸리는 게 행복이라면 제발 그렇게 살았으면 좋겠다.

다만 그들이 스스로 정의한 행복에 '거짓'이 없었으면 좋겠다. 남들에게 보여주기 위해 어설프게 포장한 껍데기가 아니었으면 좋겠다. 그 본질이 너무 단단해서 타인의 질타와 비난도 튕겨낼 수 있는 정도의 진정성이면 좋겠다. 자신에게 수천 번 질문을 해봐도 대답이 변하지 않을 만큼의 진심이면 좋겠다.

정말 그렇다면,
자신이 말하는 행복에 따라,
모두 행복하게 살았으면 좋겠다.

멋

남들의 시선에 흔들리지 않고 자신의 주장을 관철하는
사람들, 나는 그들을 멋있는 사람이라고 생각한다. 노가
다를 하든, 알바를 하든, 비정규직이든 자신의 행동에
나름의 이유가 있고, 그 이유에 대해 부끄러움이 없이
당당하다면 그게 멋있는 거다.

사업을 하든, 대기업에 다니든, 부자든 간에 자기 생각
과 일치하지 않는 삶을 살아가는 사람들을 보면 그렇게
멋없어 보일 수가 없다. 자기 생각대로 사는 게 아니라
남들에게 드러내 보이고 싶은 욕구에 갇혀 사는 사람들.

중요한 건 어느 위치에 있느냐가 아니라, 어느 위치에서
든 내 생각을 잘 발현하는 삶을 살고 있느냐이다. 진짜
멋은 거기서 나온다.

어른아이

아는 동생이 고시를 준비한단다. 부모님이 원해서란다. 안타까운 마음에 위로의 말을 건넸다. 그랬더니 자기는 좋단다. 부모님이 원하는 것을 선택해서 부모님이 기뻐하시면 자기는 좋단다.

나 어렸을 적, 엄마가 기뻐하는 모습을 보고 싶어 학습지를 손에 잡고 놓지 않았다. 하루는 엄마 오는 시간에 학습지를 보는 척했는데 엄마가 가만히 보니 내가 학습지를 거꾸로 들고 있었단다.

그 동생은 지금, 학습지를 거꾸로 들고 있는 건지도 모르겠다는 생각을 했다.

꿈
이
무
슨
소
용

꿈 때문에 오히려 상처받는 사람들이 의외로 많다. 많은 사람들이 꿈을 이루기 위해 자존을 내던지며 자기 자신의 마음에 스스로 상처를 입힌다. 그게 무슨 꿈이야. 아니, 그게 꿈이라 한들 그렇게 꿈을 이뤄서 뭐할 건데. 꿈이 중요해, 네가 중요해? 꿈 보다 네 행복이 더 중요한 거 아냐? 꿈도 행복하기 위한 하나의 수단이잖아. 왜 자신을 망가트리면서까지 꿈을 이루려는 건데. 그게 뭔데. 그럼 뭐가 남는데. 돈? 명예? 그런 것들을 위해서 꿈, 꿈거렸다면 왜 굳이 꿈이 필요한 건데. 그냥 더 쉬운 방법으로 돈, 명예 챙기면 되잖아.

라고 말하면 상처받을 사람들이 있겠지만, 굳이 가슴 속에 있던 문장들을 토해낸다. 나 자신에게도 해주고 싶은 말이었으니까.

내
면
의
크
기

'꿈을 크게 꾸어라. 깨져도 그 조각이 크다'

참 잘 포장된 문장이지만, 가만히 보면 이만큼 어이없는 문장도 없다. 더 크고, 더 많은 걸 중시하는 우리나라의 정서를 반영한 문장이랄까.

저기요, 꿈을 크게 꾸는 게 중요한 게 아니라 '어떤' 꿈을 꾸느냐가 중요한 거예요. 꿈의 크기가 아니라, 자신의 꿈을 향한 내적 동기의 크기가 중요한 거예요. 그것에 대해 얼마나 뜨거운 '진정성'을 가졌는지가 정말 중요한 거라고.

수많은 자기계발서에서 싸질러 놓은 저런 문장들. 저런 거 믿고 큰 꿈을 억지로 만들어봐야, 그 꿈은 그저 거대한 풍선과 같아서 사소한 걸림돌에도 결국 '펑' 하고 터져버리더라.

자극과 반응 사이

"자극과 반응 사이에는 공간이 있다. 그 공간에는 반응을 선택할 수 있는 자유와 힘이 있다. 우리의 성장과 행복은 그 반응에 달려 있다." - 빅터 프랭클

외부로부터 오는 어떤 사건, 사람 등에 의해 우린 자극을 받고, 우린 그 자극에 반응한다. 그리고 자극에 어떻게 반응하느냐에 따라 우리의 삶은 천지차이로 달라진다.

중요한 건, 그 자극과 반응 사이에 공간이 있다는 것. 그 공간에는 우리 스스로 어떤 반응을 할 것인지 선택할 자유와 힘이 있다는 것. 예를 들어 누군가 나에게 죄를 지어도 용서를 할지 복수를 할지 반응하는 것은 곧 나의 선택이라는 것이다.

문
득
드
는
생
각

"저는 '세상을 바꾸는' 무엇이 되고 싶습니다."
"저는 '타인에게 선한 영향력을 행사하는' 무엇이 되고
싶습니다."

사람들이 꿈 앞에 가장 많이 붙이는 수식어다. 도대체
사람들은 왜 그렇게 세상을 바꾸고 싶어 하고, 타인에게
영향을 끼치고 싶어 할까?

왜 자기 자신도 제대로 돌보지 못하면서 남의 인생을 돌
보고 싶어 할까.

가진 것 ÷ 욕망 = 행복

욕망을 줄이거나,

가진 것을 늘리거나.

진
짜
관
계

진짜 관계를 맺고 싶으면 내가 이만큼 줬으니, 너도 이만큼 또는 이 이상을 줘야 한다는 생각을 버려야 한다.

시키지도 않았는데 줘놓고 아쉬워할 거면 안 주느니만 못하다. 받는 입장에선 그거 굉장히 부담스럽다. 아까울 것 같으면 애초에 주지를 말든가.

정말 이 사람이 내 사람이라고 생각하면 줘도 아깝지 않을 거다. 돌려받아야겠단 생각도 안 들 거다. 하지만 자연스레 돌려받게 될걸? 누군가에게 그런 마음으로 다가간다면 그 사람도 곧 당신을 '내 사람'이라고 생각할 테니까.

돈
보
다
가
치

가치를 이용해서 돈을 만들어내려는 세상이 아니라,

가치를 추구하면 돈이 만들어지는 세상이었으면.

연
애
고
자

20대의 연애고자는 연애경험이 별로 없어 생기는 경우가 많다. 하지만 별문제가 아니라고 본다. 경험이야 언젠가는 생길 테고, 언젠가는 진정한 사랑을 만날 확률이 남아있기 때문이다.

30대의 연애고자는 다르다. 졸라 문제가 크다. 상대방의 마음을 얻는 방법을 모르는 게 아니라, 상대방에게 마음을 주지 못해 고자가 된다. 이들은 많은 이성을 만나면서 자기만의 왜곡된 이성관이 확립된 사람들이다. 이런 사람들은 연애고자에서 탈출하기가 어렵다. 졸라 어렵다. 주변에서 아무리 좋은 이성을 소개해줘도 소용없다. 남자는 또는 여자는 다 똑같다는 소리만 할 뿐이다. 누굴 만나도 얼마 못 만나고 이별을 한다. 아니, 이별이란 개념조차 없는 사람들도 많다. 자신의 생각을 바꿔 줄 이성을 찾지만, 매번 실패한다. 실패하는 건 당연하다. 자신의 생각이, 왜곡으로 가득한 가치관이 바뀌기 전까지는 그 누굴 만나도 똑같을 거니까.

연애고자에서 탈출하기 위해 20대의 연애고자는 좋은 경험을 쌓아나가면 될 뿐이다. 하지만 30대의 연애고자는 왜곡된 가치관을 깨야 한다. 근데 이게 조올라 어렵다. 오랫동안 층층이 쌓아진 그 가치관을 부수는 게 어떻게 쉬운 일이겠는가. 그래서 30대의 연애고자는 힘들다. 자신들도 바뀌기 힘들다는 걸 안다. 그래서 그냥 왜곡된 가치관을 믿으며, 합리화하며 살아간다. 언젠가는 나를 바꿔 줄 '단 한 사람'을 만나길 희망하며. 하지만 지금까지 만나 왔던 그 수많은 사람 중 누군가가, 그토록 찾던 '단 한 사람'이었다는 사실을 모른 채.

지
속
하
게
하
는
것

"내가 도대체 이걸 '왜' 하고 있는 거지?"
일을 하는 이유에 대한 물음이 계속됐을 때 나는 그 일
을 멈출 수밖에 없었다.

"그래도 이겨내야지, 그럼에도 불구하고 견뎌내야지."
일을 하는 이유가 명확해지자 힘들더라도 그 일을 해내
기 위한 방법을 찾기 시작했다.

지속성은 수단이나 방법이 만들어내는 게 아니다.

'왜'라는 질문에 대한 답이 굳건하고 단단해질 때,

지속성은 늘어난다.

생
산
강
증

우리나라는 생산적 일에 대한 강박증이 있는 나라인 것 같다. 무슨 일을 하든 결과가 필요하다. 결과도 아무거나면 안 된다. 좋은 결과여야 한다. 아니, 남들이 좋다고 생각하는 결과.

때론 아무런 생각 없이, 의미 없이, 그냥 하는 일들이 의외의 생산적 결과를 가져다주기도 하는데 말여. 그럼 누군가는 꼭 또 이렇게 말하더라. "때로는 그냥 의미 없이 아무 일이나 해보세요. 그게 생산적 결과를 낳는 지름길이 될 수도 있으니까요."

젠장, 뭔가 똥을 싸도 생산적으로 싸야 할 것 같잖아. 삶
엔 비생산적인 일들이 가득하다고. 그것도 삶의 일부라
고.

불행의 원인

실제 '나'와 외부에서 바라보는 '나'가 다를 때, 우리는 불안을 느낀다. 그리고 외부에서 바라보는 나의 모습대로 실제의 '나'가 끌려다닐 때, 우리는 스스로를 불행하다고 느낀다. 반면 자신이 생각하는 자신의 모습대로 말하고, 행동하는 사람은 불행에 대해서 생각하지 않는다. 그냥 나로서 살 뿐.

타인의 질문

내가 뭘 한다고 하면 의심 가득한 목소리로 "왜? 그거 도대체 왜 하는 건데?" 라고 묻는 사람들이 있다. 근데 그런 사람들한테 역으로 "너는 지금 하고 있는 그거 왜 하는 건데?" 라고 물으면 백이면 백 대답 못하더라. 원래 그렇다. 타인의 삶에 질문 던지기 좋아하는 사람일수록 자신의 삶에 대한 성찰은 없다. 남의 선택에 관여하기 좋아하는 사람일수록 자신의 선택은 멋대로 두는 경우가 많다.

타인으로부터 많은 질문을 받아오며 깨달은 건, 타인의 '왜'라는 질문에 애써 대답할 필요 없다는 것이다.

훈
수
꾼

제 3자의 입장에서 내 고민을 들여다보는 건 쉽지. 객관적인 입장에서 조언과 충고를 해주는 건 일도 아니겠지. 자신의 얕은 경험이나, 책에서 읽었던 내용이나, 미디어에서 떠들어댔던 말들을 인용해서 그냥 뱉으면 되니까.

근데 그렇게 조언과 충고를 잘 해주던 사람도 그 문제가 자기 자신의 문제가 되면 꿀 먹은 벙어리가 되더라. 한 발짝 뒤에서 바둑판을 보면서 훈수를 두다가 자기가 바둑알을 잡으면 바보가 되더라고.

그제야 아는 거지.
내 고민의 무게가 얼마나 무겁고 컸는지.

조언의 한계

수많은 조언과 충고를 들으며 깨달은 게 하나 있다.

조언과 충고가 끝나면, 그들은 내 삶이 아니라 그들의 삶으로 돌아간다는 것이다. 결국 내 문제는 내가 떠안아야 한다는 것이다. 그래서 불쑥 던지고 사라지는 그들의 조언과 충고에 너무 휘둘리면 안 된다는 것이다.

불균
균형
형을
　위
　한

삶의 균형을 무시해보자.

균형보다는 불균형을 택해보자.

걸음걸이를 못해 쓰러지는 아기처럼 수없이 쓰러져보
자.

계속해서 쓰러지다 그 아픔을 깨닫게 되면,

그때는 자연스레 삶의 균형을 생각하게 될 테니.

그때는 수없이 쓰러지면서 생긴 굳은살의 두께만큼

자연스레 균형을 유지하며 굳건히 서 있을 테니.

그러니 지금은 삶의 균형을 무시해보자.

마음을 쏟았다면

마음을 너무 많이 쏟으면 실수를 하게 된다.
바보처럼 하면 안 될 짓만 자꾸 반복하게 된다.
그리고 그 실수는 결과를 망치게 만든다.

하지만 자책할 필요 없다.
중요한 건 결과가 아니라 마음을 쏟았다는 사실,
마음을 담을 수 있는 누군가를 만났다는 사실,
그 자체니까.

결
국
핑
계

정말 하고 싶은 것이 있는 사람은

그 일을 하기 위해서 다른 일을 한다.

연기를 하기 위해 30이 넘는 나이에 편의점 알바를,

노래를 하기 위해 고깃집 알바를,

춤을 추기 위해 치킨 배달을.

직장인들도 하루의 절반은 회사 일을,

하루의 절반은 자기가 정말 하고 싶은 일을.

진짜 하고 싶은 일이 있다면,

하루를 1, 2부로 쪼개서라도 한다.

"나 진짜 하고 싶은 게 있는데 일에 치여서 할 수가 없어."라는 말은 "난 그걸 '진짜' 하고 싶은 게 아냐."라는 말과 같은 말 아닐까?

말
과
행
동

입으로는 가치를 이야기하면서 행동은 돈을 좇던 적이
있어. 일주일 동안 악몽을 꿨어. 내 생애 가장 불행한 시
간을 보냈지. 그때 생각했어. "생각과 행동이 불일치할
때 인간은 불행하구나."

근데 간디도 이런 비슷한 말을 했대. "생각과 말과 행동
이 조화를 이룰 때, 행복이 찾아온다."라고.

나도 알아. 생각대로, 말하는 대로 살기 힘든 거. 근데
말야. 내 생각대로 살지 못하는 게 더 힘든 일이더라.

사 랑 과 꿈

사랑하는 사람의 반대 때문에 꿈을 포기하는 사람들이
많다. 근데 누군가가 당신을 정말 사랑한다면, 당신이
원하는 걸 포기하도록 만들고 싶을까? 당신을 정말 사랑
한다면 반대 의견을 갖고 있더라도 당신의 생각을 이해
하고 지지해주지 않을까?

상대가 자신의 기대를 충족시키지 못한다고 해서 상대
의 꿈을 짓밟는다면, 그건 왜곡된 사랑 아닐까?

초
심

'넌 초심을 잃었어.'

가끔 사람들한테 이런 말을 들으면 어이가 없어. 그런
말을 하는 사람들은 내 초심이 뭔지도 모르는 사람들이
거든. 그런 부류의 사람들은 특징이 있어. 그게 뭐냐면,
변화와 변질의 차이점을 모른다는 거야. 외면의 형태가
좀 변하면 다 변질이래. 근데 그런 사람들이 꼭 자신의
변질은 변화라고 말하더라. 남이 하면 불륜, 자기가 하
면 로맨스인가 보지?

누군가의 처음을 진심으로 공유하지 않았다면 그 누구
에게도 초심 어쩌고저쩌고 운운하지 말자. 그 사람의 초
심은 네가 하는 가벼운 말로 더럽혀질 수 없는 진심일
수 있으니까.

?

!

.

인생은 ? ! . 세 가지로 이뤄져 있다는 말이 있다. 〈?〉 나에 대해서 끊임없이 질문하고 답을 찾는 과정에서 〈!〉 '이거다' 라는 길을 찾게 되고 〈.〉 그 길을 천천히 따라가다 보면 행복한 마침표를 찍을 수 있다는 말이다.

근데 우린 오직 마침표만 찍기 위해 살아가는 것 같다. 내 삶에 대한 질문은 하지 않고, 내 길을 찾으려는 방황 또한 시간 낭비라 생각하고 오직 남들보다 빨리 마침표를 찍으려는 시도만 한다.

우리가 지금 해야 할 일은 확신도 없는 이상한 곳에 마침표를 찍는 것이 아니라, 끊임없이 〈?〉를 던져서 〈!〉를 찾는 일 아닐까?

안
되
면
말
고

'꼭 해내고 말 거야.'

보통 사람들이 무언가를 시작할 때의 마음가짐이다. 이렇게 꼭 해내야 한다는 강박은 흔히 실패에 대한 두려움으로 이어진다. 그래서 사람들은 실패하지 않기 위해 시작을 미루고 완벽한 준비를 기다린다. (결국 시작을 안한다는 말)

근데 유튜브 창업자 Steve Chen이 기가 막힌 말을 했지. "모든 것이 완벽하게 준비됐다는 것은, 이미 시작이아니라는 말과 같다."라고.

그래서 나는 무언가를 시작할 때 꼭 해내야 한다는 생각 대신 이런 마음가짐으로 시작한다.

'뭐, 안 되면 말고.'

공황장애

"연예인들이 공황장애를 겪는 게 당연한 것 같아. 실제 나와 남들에게 보여지는 나가 다른 거잖아. 나는 저기 있고, 여기엔 내가 아닌 내가 있는 거잖아. 아닌 사람 몇 없을걸? 자꾸 내가 아닌 척해야 한다는 게 얼마나 스트레스겠어. 그 스트레스가 쌓이고 쌓여 터지는 거지."

"그러게. 연예인들뿐만이 아냐. 주변에도 허다해, 그런 사람들. 남들 앞에서 내가 아닌 척하는 사람들. 그런 상황에 부닥친 사람들. 그리고 그 사람들은 대부분 자신의 삶을 불행하게 여기더라고."

버팀과 끈기

사람들은 버티지 못하는 사람에게 끈기없다는 소리를 하지. 근데 난 두 단어를 다르게 정의해. 버팀은 '억지로' 견뎌내는 것. 끈기는 내 것, 내가 사랑하는 것을 위해 '자연스레' 발휘되는 것.

싫은 것을 이유도 없이 억지로 버텨낸다고 해서 끈기 있는 사람은 아니야. 반대로 자신의 가치관과 맞지 않는 삶을 그만둔다고 해서 끈기가 없는 사람도 아니고. 버팀과 끈기를 혼동해서 아무나 끈기없는 사람 만드는 일 없길 바라.

네
가
그
럴
줄
알
았
다

당신이 실패를 하면 사람들은 이렇게 말할 것이다.
"네가 그렇게 될 줄 알았다"

당신이 성공을 해도 사람들은 이렇게 말할 것이다.
"네가 그렇게 될 줄 알았다"

그런 그들에게 당신이 이렇게 말해주면 좋겠다.
"네가 그렇게 말할 줄 알았다."

그냥 냅둬

"그냥 가만히 냅둬"

누군가를 심각하게 걱정하는 누군가에게 이렇게 말했다.

"네가 아무리 걱정해도 변하는 거 없어. 결국 그 사람이 직접 부딪치고 깨져봐야 깨닫지. 사람은 말을 귀에 때려 박는다고 바뀌지 않아. 두 발로 걸어가 온몸으로 부딪쳐서 균열이 가고, 깨지고, 회복하면서 조금씩 바뀌는 거지. 그러니까 그냥 가만히 냅둬."

프로조로언러

조언하기 좋아하는 사람을 두 부류로 나눌 수 있다.

첫 째, 정말 당신을 위해 조언하는 사람

둘 째, 자신의 생각이 옳다는 걸 입증하기 위해 조언하는 사람

똑같은 조언을 해도 누군가는 당신을 위해서, 누군가는 자신을 위해서 한다는 말이다. 그럼 이 사람들을 어떻게 구분해야 할까?

간단하다. 한 번 그들의 조언을 받아들이지 말고, 내 주

장을 내세워보자. 그럼 자신을 위해서 조언하는 사람은, 상대방이 자신의 조언을 받아들이지 않을 때 화를 내거나 비아냥거릴 것이다. 그러나 당신을 위해서 조언하는 사람은 당신에게 이렇게 이야기할 것이다. "그래. 너의 생각을 존중해."라고.

매
를
맞
더
라
도

학교 다닐 때, 아픈 척을 잘하는 친구가 있었다. 수업을 듣지 않기 위해서 꾀병을 부린 거다. 그 옆에 있는 친구도 수업을 원치 않는 친구였다. 그 친구는 핑계 따위 없이 수업을 듣지 않고 당당히 땡땡이를 쳤다. 왜 땡땡이를 쳤느냐는 선생님의 말씀에 그 친구는 이렇게 말했다. "수업을 듣기 싫어서요." 그리고 당당히 매를 맞았다.

지금도 한 친구는 하기 싫은 일을 억지로 하며 꾀병을 부리며 산다. 지금도 한 친구는 비록 매를 맞더라도 자신이 원하는 일을 하며 산다.

기대저버리기

부모를 버려야 한다는 말의 뜻은, 자식으로서의 도리를 저버리라는 말이 아니다.

부모가 당신에게 거는 기대를 과감히 저버리라는 것이다. 역으로 당신이 부모에게 정신적으로 기대는 걸 중단하라는 것이다. 그래야 당신이 비로소 어른이 될 수 있다는 뜻이다.

하
기
싫
어

더 이상 안 하고 싶다고 말하는 게 뭐가 그렇게 어려운 거지? 이제 그만두고 싶다고 말하는 게 잘못된 일인가? 굳이 무엇을 그만둘 때, 무언가에 흥미를 잃었을 때 변명 거리를 찾아 나설 필요가 뭐가 있어. 그냥 '나 이제 더 이상 하기 싫어졌어.'라고 말하고 그만두면 되는 일인 걸.

그렇게 말했을 때 쏟아지는 남들의 시선 따위 사뿐히 지르밟아 주면 되는 일인 걸.

치명적 문제

부모는 자식이 행복하길 바란다.

부모가 생각하는 행복과,
자식이 생각하는 행복이 달라서 문제지.

또 다른

치명적인 문제

욕심 내는 게 문제는 아니다.

욕심을 내야 할 곳에 내지 않고,
내지 말아야 할 곳에 내는 게 문제지.

심각한 착각

남들이 만든 이미지 속에서 사는 사람들,
그 이미지가 곧 나라고 착각해버리는 사람들은
결국 그 이미지가 나 자신이 아니었다는 걸 깨닫는 순간
헤어나올 수 없는 늪에 빠진다.

남들이 바라보는 내가 아니라
내가 생각하는 나로서 살아가는 게
그 늪에 빠지지 않는 길이다.

최악의 위로

내 고통의 무게는 타인과 비교할 수 없다. 타인의 부러진 다리보다 종이에 베인 내 손가락의 고통이 더 크게 느껴지는 법이다. 때문에 나는 왜 이렇게 불행하고 힘들까 좌절하는 사람에게 '너보다 더 힘든 사람들도 있으니 힘내.'라며 위로하는 건 아무런 도움이 되지 않는다.

그
럴
수
있
지

'어떻게 그럴 수 있지?'가 아니라
'그럴 수 있지'라고 생각하자.

좋은 관계를 위해선
서로의 다름을 이해하고 인정해야 한다.

솔
직
한
욕
망

돈 많이 벌고 싶으면 돈 많이 벌고 싶다고 말하고, 명예가 얻고 싶으면 유명해지고 싶다고 말하고, 권력을 얻고 싶다면 지위에 오르고 싶다고 말하면 된다. 욕망이 있으면 욕망이 있다고 말하면 된다. 그리고 그 욕망을 실현하면 된다. 욕망을 가지는 게 도대체 뭐가 잘못인가!

앞에선 선비인 척, 뒤에선 숨긴 욕망을 실현하기 위해 이 사람 저 사람 속이며 발버둥치는 사람이 문제인 거지.

회사는 자아를 실현하는 곳이 아닙니다.

자아를 죽여야 버틸 수 있는 곳이죠.

두
마
리
토
끼

글을 쓰는 소방관, 주짓수를 하는 공무원, 격투기를 하는 인문학과 대학생. 내 주변엔 꿈에 '올인'하지 않고도 꿈을 이뤄나가는 사람들이 많다.

몇 년 전, 소방관은 책을 출간해 작가가 됐고, 공무원은 주짓수 대회에서 매번 좋은 성적을 거두고 있다. 격투기 선수를 꿈꾸던 인문학과 대학생은 현재 격투기 대회에 나가 좋은 성적을 거두고 있다.

그들은 생업에도 소홀하지 않고, 자신의 꿈에도 소홀하지 않다. 그리고 말한다.

'꼭 무언가를 포기하지 않아도, 꿈을 이룰 수 있다고.'

'안정'과 '꿈'이라는 두 마리 토끼를 모두 다 잡을 수 있다고.

남
탓

남 탓 좋아하는 사람들이 있다.
자신의 잘못을 타인의 잘못이라고 생각하는 사람들.

내 배려심이 부족해서가 아니라
상대의 성격이 이상해서.

내 실력이 없어서가 아니라
날 알아봐 주는 사람이 없어서.

내 표현이 부족한 게 아니라
내 마음을 상대가 알아봐 주지 않아서.

물론 모든 걸 내 탓이라며 자책하는 것도 좋지는 않다.

하지만 자기 성찰 없이 남 탓만 하는 건,

정말 최악이다.

삶은 고통

난 삶이 곧 행복이라고 생각하지 않는다.

삶엔 행복보다 고통이 가득하다고 생각한다.

그냥 그렇게 믿고 살아가기로 했다.

삶이 온통 행복이라고 생각하며 살아가다

고통이 들이닥쳐 삶에 대한 배신감을 느끼는 것보다는,

삶의 고통을 묵묵히 견뎌내다

뜻밖의 행복에 미소 짓는 게 더 나을 거 같아서.

質 문 의 끝

왜 사는지 물었다.

삶엔 이유가 없다고 생각했다.

그렇다면 이유 없는 삶을 어떻게 살아야 할까 물었다.

행복하게 살아야겠다고 생각했다.

그럼 나에게 행복은 어떤 것인가 물었다. 그에 대한 답
을 내리고 나선, 더 이상 질문하지 않았다. 그냥 내가 내
린 그 답대로 살기 위해 노력하며 살아갈 뿐이다.

우 사
선 랑
순 의
위

나 자신을 지키면서 마음을 내어주는 것과 나 자신을 버
리면서 마음을 내어주는 것은 다르다.

나라는 컵에 물이 가득한 상태에서 상대에게 물을 따라
주는 것과 컵에 물이 하나도 없는 상태에서 물을 긁어
퍼주는 건 엄연히 다르단 말이다.

후자는 자칫 사랑이 아니라 집착이 될 수 있다.
모든 게 그렇듯 사랑도 상대가 있기 전에,
내가 있어야 한다.

꼰대와 선배

꼰대는 이렇게 말한다.

"내가 겪었던 거에 비하면 넌 힘든 것도 아니야."
"내가 해봤는데 그거 안되는 거야. 시간낭비 하지 마."

선배는 이렇게 말한다.

"나한텐 힘들었는데 넌 아닐 수 있어."
"나는 실패했지만 넌 성공할 수도 있는 일이지."

꼰대는 "나도 그랬으니 너도 그럴 것이다"라고 말하는

반면, 선배는 "나는 그랬으나 너는 그렇지 않을 수 있다"고 말한다.

먼저 앞서나갔다고 해서 모두가 선배는 아니다.

자신과는 다른 후배의 길을 제멋대로 재단하지 않고, 자신과 다를 수 있는 그의 길을 잘 걸어갈 수 있도록 지혜를 나눠주는 사람이 진짜 선배 아닐까.

인생의 무게

우리는 원하는 게 있어도 그 선택을 하면,
큰일이 일어날까 봐 불안하고 두려워한다.

하지만 인생은,
겨우 한 번의 선택으로 뒤집힐 만큼 가볍지 않다.

삶
의
의
미

〈죽음의 수용소에서〉를 다시 읽고 있다. 책에서 말하길 자아실현은 자아초월의 부수적인 결과로서만 얻어진다고 했다. 진정한 삶의 의미를 찾기 위해서는 스스로의 내면이나 정신에서 찾을 것이 아니라, 그 외부에서 찾아야 된다는 말이다. 예를 들어, 성취해야 할 일이라든지, 사랑하는 사람이라든지. 그런 대상에 관심을 갖고 집중할 때 더 인간다워지며, 자기 자신을 더 잘 실현할 수 있게 된단다.

예전에 읽었던 〈행복의 정복〉에서도 비슷한 이야기가 나왔다. 자기중심적인 사고는 스스로를 불행에 빠지게 만드는 일, 취미, 사람 등의 외부로 관심을 돌리라는 이야기였다.

삶의 의미가 없다며, 삶의 의미를 찾겠다며, 꿈이나 목
표를 찾겠다며 끊임없이 생각의 중심을 내면으로 돌리
는 사람들이 있다. 근데 자신의 내면으로 들어가면 들어
갈수록 답이 나오지 않아 되려 삶의 의미를 잃는 사람들
이 있다. 심하면 끊임없이 모든 사건과 문제를 자기 내
면의 중심으로 끌고 들어가 자책하는 경우도 있다. 그렇
다보니 무기력해지고 죄책감을 느끼고 책임감을 상실한
다. 우울증 환자의 경우가 그렇다.

얼마 전, 꿈톡에 자주 찾아오는 친구가 자신의 삶, 자신
의 미래에 대한 고민을 털어놓은 적이 있다. 내가 보기
엔 큰 고민이 아닌 것 같지만, 그에게는 가장 큰 고민이
었을 것이다. 그 친구는 이야기하는 내내 굉장히 무기력
해 보였고, 삶의 의미를 놓아버릴 것만 같았다. 그러다
얼마 뒤, 그 친구가 연애를 시작했다. 그리고 더 이상 예
전과 같은 고민을 꺼내지 않게 됐다.

연애를 시작하고 나서 삶의 의미를 찾으려는 노력은 덜
해졌지만, 오히려 삶의 의미를 되찾은 것만 같은 그를
보며 '삶의 의미는 내면이 아니라 외부에서 찾으라'는
책의 내용을 다시금 떠올려본다.

웃긴 놈들

"너 원래 안 그랬잖아. 변했네."

웃긴 건, 저런 말 하는 사람들 중에서 내 원래 생각을
아는 사람은 한 명도 없다는 것이다.

허
세
의
종
류

허세에는 두 가지 종류가 있다.

1. 없는데 있는 것처럼 보이려는 허세
2. 있는데 없는 것처럼 보이려는 허세

1번의 유형은 주변에 흔히 보인다. 2번의 유형은 있는데 없는 척, 겸손한 척하면서 실제로는 자신이 가지고 있는 것들을 더 드러내고 싶어하는 사람들이다.

내가 생각하는 허세란, 실제 자신의 모습과 다르게 드러내 보이려는 것이다. 허세의 이유는 각자가 다르겠지만,

실제 자신의 모습을 그대로 드러내는 것에 대한 두려움이 크기 때문일 것이다. 남들 앞에 발가벗고 설 수 있는 용기가 부족하기 때문일 것이다.

반면, 자신의 찌질함을 드러낼 수 있는 사람은 허세가 없다. 나는 그런 사람이 멋있다고 생각한다. 남들 앞에서 자신의 부족함을 인정하고 드러낼 수 있는 사람의 용기가 멋있다. 어색함으로 자신을 포장하는 사람보다 자기 자신의 모습대로 살아가는 사람이 멋있다. 허세보다 찌질함이 훨씬 더 멋있다.

점
을
찍
을
때

점과 점이 이어져 하나의 선이 되고,

선과 선들이 만나 하나의 도형이 되죠.

자, 봐요. 시작은 하나의 '점'을 찍는 거예요.

그리고 그 점들이 모여 하나의 선이 만들어지는 거죠.

시작부터 선을 그으려 하지 마세요.

지금은 도형을 그릴 때가 아니에요.

이 점이 어떻게 이어질지 고민하지 말고, 마음껏 끌리는

대로 점을 찍으세요. 원하는 대로 선택하고 뛰어드세요.

여러분들이 찍었던 그 점들이 언젠가는 하나의 선으로 이어질 거고, 그 선들이 모여 '무언가'가 만들어질 테니까요.

그럼에도
불구하고

힘들어도 이 일을 계속하는 이유는 아주 단순해요. 힘든 일들이 가져다주는 아픈 마음보다 이 일을 사랑하는 마음의 크기가 훨씬 크기 때문이에요.

부모님의 시선, 금전적인 문제, 미래에 대한 불안. 그만둘 이유는 수도 없이 많아요. 근데 그 이유를 다 합쳐도 지금 내가 하고 있는 이 일을 사랑하는 마음이 훨씬 큰 거죠. 그게 그럼에도 불구하고 이 일을 계속하는 이유에요.

가
볍
지
않
은
경
험

삼
년
만
버
텨

회사에 입사해서 선배들로부터 가장 많이 들은 문장은
'야, 3년만 버텨봐. 다 괜찮아질 거야.'였다. 아이러니하
게도 3년을 넘게 버텼지만, 전혀 괜찮아 보이지 않은 선
배들의 입에서 나온 말이었다.

한참 뒤에야 깨달은 거지만 그들이 말했던 '괜찮아질 거
야'라는 말은 내가 속한 환경이 괜찮아질 거라는 뜻이
아니었다. 내가 괜찮지 않은 환경에 적응할 거라는 말이
었다. 앞으로도 괜찮아지지 않을 환경에 적응해 스스로
'이 정도면 괜찮잖아.'라며 합리화하게 될 거라는 뜻이
었다.

"저 한 회사에 세 번 지원해서 세 번 다 떨어진 적 있어요. 붙으려고 진짜 별 지랄을 다 했어요. 근데 합격은 간절함하고 아무런 상관관계가 없더라고. 세 번 연속 떨어지고 나니까 이런 생각을 하게 됐어요. '이 회사 나랑 졸라 안 맞나 보다'라는 생각. '내가 부족한가 보다.'라고 생각하지 않았어요. '이 회사 나랑 맞지 않구나'였지.

아니, 왜 자존감이 떨어져요. 면접에서 떨어졌다고 자신을 부족한 사람이라고 생각하지 마세요. 왜 자신을 깎아

내려요. 그냥 '이 회사가 나랑 안 맞나 보다. 나랑 맞지 않는 회사 입사해봐야 개고생이지.'라고 생각했으면 좋겠어요. 합리화라고? 그냥 합리화하세요. 정신승리? 그냥 정신승리 하세요. 근데 면접에서 떨어졌다고 자존감마저 떨어트리진 마세요."

숨
통
의
기
준

다음 달 월세를 낼 돈이 없었다. 숨통이 막혔다. 그 상황
에 놓이자 꿈이고 이상이고 그런 거 없더라. 온종일 컴
퓨터 앞에 앉아 알바몬, 알바천국 사이트를 뒤지고 또
뒤졌다. 그러다 카페 알바 면접을 봤는데 떨어졌다. 당
시 내 나이 스물아홉이었다. 집으로 돌아와 또다시 알바
자리를 뒤졌다. 3일간 그 짓을 하다가 은행 청원경찰이
됐다. 다음 달 월세를 낼 수 있었다. 그제야 숨통이 조금
트여 다시 꿈톡을 생각할 수 있게 됐다.

물론 숨통이 트이는 기준치는 다 다를 것이다. 난 그 기
준치가 비교적 낮아 작은 수입에도 숨통이 트였지만, 내

주변엔 그렇지 못한 사람들이 많다. 각자의 그 기준치를 잘 파악해야 한다. 그걸 잘 파악하지 못하면 꿈, 이상 외치다가 현실의 벽 앞에서 숨통이 막혀 질식할 수도 있으니까. 질식할 상황에 닥치면 꿈은 바닥에 달라붙은 껌보다 못한 존재가 돼버릴 수도 있으니까.

다른 행복

오래 전 연락이 끊겼던 친구가 나를 찾았다. 다단계나 보험을 팔기 위해서 연락한 게 아니라고 했다. 회사 일로 서울에 상경했는데 갑자기 생각이 났다며 만나고 싶다고 했다. 연락이 닿지 않은지 꽤 됐지만 예전의 추억에 나쁨이 없어 흔쾌히 만나자고 했다.

"왔나? 닌 하나도 안 변했대이."

"와, 너도 살 좀 찐 거 빼고 하나도 안 변했네."

"아이다. 난 아재다, 아재."

자신을 아재라고 하는 친구는 어느덧 애 아빠가 돼 있었다. 자신 외에 누군가를 책임지며 살아가는 그 친구에게 '네가 나보다 훨씬 어른이다.'라고 말했다. 하지만 친구는 내가 부럽다고 했다. 가정을 위해, 자식을 위해 살아가고 있지만 '나'를 위해 살아간다는 느낌을 오래전부터 잃었다고 했다. 나를 위해 뭔가를 해야겠다는 생각은 하지만, 정작 무엇이 나를 위한 일인지 모르겠다고 고백했다. 그래서 나를 위한 일들을 해 나가는 나를 보며 부럽다고 말했다.

"내가 두 번째 퇴사하고 나서부터는 그런 생각이 들더라. 다시는 다른 사람이 아니라 나 자신을 위한 선택을 해야겠다고. 그래서 그때부터는 뭐가 됐든 나를 위한 선택을 내가 직접 하면서 살았어. 그러다 보니 삽질할 때도 많았는데, 결국엔 그 삽질까지 다 내 선택들이더라고. 나중에 보니까 내 인생 주변에 있는 많은 것들이 내가 선택했던 것들이더라. 내 선택이 내 삶을 이루고 있는 그 느낌, 아, 이게 행복이다 싶더라고."

집으로 돌아가는 지하철, 친구는 누군가와 영상통화를 하다 내게 핸드폰을 보여줬다. 핸드폰 속에는 방긋 웃고 있는 친구의 갓난아이가 있었다. 그리고 아이의 웃음을 보며 훨씬 더 방긋 웃고 있는 친구가 내 옆에 있었다.

엄
마
의
김
치

카페에서 일을 하고 있는데 아빠로부터 전화가 온다.
"아빠가 방금 김치 부쳤으니까 내일이면 도착할 거야."

엄마가 김치 좀 필요하냐고 물었을 때 괜찮다고, 괜찮다
고 사정하듯 말했지만 소용없는 일이었다. 엄마는 김치
를 담그면서 아니, 배추를 사면서부터 이미 내게 김치
보낼 준비를 하셨을 테니까.

퇴근하려는데 뒤늦게 큰 박스 하나가 도착했다. 박스 안
에는 꽁꽁 묶은 봉지 여섯 개가 담겨 있다. 한 봉지에 세
포기, 무려 열여덟 포기의 김치가 왔다. '이걸 누가 먹으

라고 이렇게 많이 보내신 거야.'하면서도 퇴근을 늦추고
라면을 끓여 김치를 아삭아삭 먹는다.

엄마가 옆에 있었으면 김치를 맛있게 먹고 있는 내게 이
렇게 이야기했겠지. "잘 먹을 거면서. 근데 왜 몸에 안
좋은 라면을 먹어. 기껏 맛있는 김치해서 보내주니까.
그러다 건강 해친다니까."

늦은 저녁, 카페에 앉아 김치를 먹고 있으니 이상하게도
엄마의 잔소리가 그립다.

친
구
의
물
음

열아홉에 만난 친구가 스물아홉이 돼서 내게 질문했다.

"주원아, 내가 어떤 사람인 것 같냐?"

'야, 넌 나이가 몇 살인데 아직까지 그걸 남한테 묻고 있
냐? 너도 모르는 걸 내가 어떻게 알아. 남한테 질문하지
말고 너 스스로 찾으려고 노력해 봐.'라고 하지 않았다.

"야, 닥치고 술이나 마셔."라고 했다.

알고 있었다. 친구가 원하는 건 자아분석이 아니라는

걸. 자꾸 실패하는 취업에, 자신의 삶마저 실패하는 느낌에 '난 도대체 뭐 하는 놈일까.'라고 자책하며 던진 푸념이라는 걸.

사람은 자신이 갈 길을 찾지 못할 때, 평소엔 잘 하지 않던 질문을 스스로에게 던진다. 하지만 자존감이 낮은 상태라면, 그 질문에 대한 답은 현재의 자존감을 더 낮게 만드는 부정적인 답밖에 나오지 않는다. 그럴 땐 질문을 계속 던지는 게 아니라, 그 질문을 멈추는 게 나은 방법이라는 걸 알고 있었다. '야, 내가 어떤 사람 같냐?'라는 질문은 내가 가장 힘들었을 때, 친구들에게 가장 많이 던졌던 질문이었기에.

그래서 친구에게 술을 권했다. 끝없는 질문을 잠시나마 멈추게 해줄 술. 그날 몇 병을 마셨는지 모른다. 오바이트를 하는 친구의 등을 두드리며 이렇게 말했다.

"그래, 다 토해라. 다 토해버려."라고.

디스크

살짝 허리를 굽혔다 폈는데 저릿한 느낌이 전신에 퍼졌다. 그 상태로 10분간 일시정지 상태. 꼼짝도 못하다 겨우 허리를 펴고, 그대로 병원을 갔더니 디스크란다. '내가 왜 디스크죠?'라고 어이없는 표정을 하고 있는 내게 의사는 이렇게 말했다.

"이렇게 생각하시면 쉬워요. 여기 고무줄이 있습니다. 쭉 잡아당겨도 끊어지지 않죠. 여기서 조금 더 잡아 당겨 볼까요? 그래도 안 끊어지네요? 조금 더, 조금 더 잡아당기면. 네, 이렇게 '딱' 하고 끊어지죠. 디스크도 같은 거예요. 갑자기 생기는 게 아닙니다. 평소 앉는 습관, 걷는 습관, 운동 습관 등 무의식중에 했던 환자분의 모든 습관이 누적돼서 이 고무줄처럼 '딱'하고 나가버리는 거예요."

무표정하게 말씀하시는 의사선생님의 말에 인생철학을 깨닫는 느낌이었다. 허리가 저릿한 그 순간에도, 자아성찰 지능이 높은 나는 의사의 말을 이렇게 해석하고 있었다.

"모든 결과는 한순간에 '꽝' 하고 일어나는 게 아닙니다. 의식적이든 무의식적이든, 어쨌든 당신이 했던 모든 선택이 지금의 결과를 만들어낸 것이죠. 원인을 찾으려 해봐야 쉽지 않을 거예요. 결과를 원망해봐야 소용없습니다. 그저 당신의 선택들이 만들어낸 결과일 뿐입니다."

허리디스크는 내게 큰 깨달음을 줬다고, 나는 그 후로도 1년이 넘게 병원에 다니며 그 깨달음을 고이 간직했다.

그놈의 사회생활

출퇴근길에 해를 볼 수가 없었다. 아침 7시까지 출근을 해야 했고, 해가 지기 전에 퇴근하는 건 어림도 없는 일이었다. 출근해서 내가 하는 일은 청소를 하는 일이었다. 선배들이 오기 전까지 책상을 닦고 바닥을 쓸고 화분에 물을 주고, 쓰레기통을 비워야 했다. 막내들이 하는 하나의 관례 같은 것이었다. 이런 거 어디서 많이 해봤던 거 같은데, 어디더라? 아, 맞다. 군대. 군대 이등병 때 하던 걸, 사회에 나와서 또 하게 될지는 꿈에도 몰랐다.

선배들이 주는 술을 돌려먹으며 전날 회식을 했다. 그래도 7시까지 출근을 했다. 회사에 도착하자마자 찾은 곳은 화장실 변기였다. 무릎을 꿇고 변기를 부여잡고 토를 했다. 꾸엑꾸엑. 그리고 청소를 했다. 선배들이 오기 전까지.

선배들은 다 거치는 과정이라고 했다. 그거 하나 버티지 못하면 사회생활 못한다고 했다. 그때는 그런가 보다 했다. 이게 사회인가 보다 했다. 나는 백지상태였기 때문이다. 파란색이 칠해지면 파란빛으로, 검은색이 칠해지면 검정빛으로 변하는 백지상태. 회사생활 두 달 만에 내 백지는 온갖 더러운 색들로 칠해졌다. 그리고 얼마 안 가 불면증에 시달려 퇴사를 했다.

사람들은 이것도 못 버티냐고 했다. 이것도 못 버티면 사회생활 어떻게 하려고 하냐고 했다. 사회? 사회생활? 이 새끼 웃긴 새끼네. 사회생활이 이런 거라면 그 사회에서 탈출하는 게 낫겠다, 새꺄. 네가 버텼다고 나도 똑같은 걸 버려야 하는 이유는? 너는 그딴 사회생활 잘해서 지금 행복하냐? 라고 욕지거리를 해주고 싶었다. 하지만 그냥 닥치고 혼자 감내해야 했다. 이미 마음은 지칠 대로 지쳐 그들과 싸울 힘도 없었으니까.

죽음은 무엇일까
삶은 무엇일까

"아이고, 왜 안 죽을까."
이건 할머니가 할머니 자신에게 하는 말.

"아이고, 잘 죽었다."
이건 할머니가 간밤에 돌아가신
다른 할머니의 소식을 듣고 하는 말.

죽음을 피하려 인생을 살아왔지만,
죽음을 바라며 인생을 보내는 게,

인간의 삶인가 싶다.

이젠 주변에서도 할머니의 삶을 바라진 않는다.
할머니가 '잘' 돌아가시길 바란다.

항상 잘 사는 게 무엇인가만 생각해오다,
잘 죽는 게 무엇인가 생각하게 되는 하루.

카페 화장실 하수구가 막혀서 업체를 불렀다. 전화를 걸었더니 "30분 내로 달려가겠습니다."라고 한 남자가 시원하게 대답했다. 잠시 뒤 카페에 도착한 그는 성큼성큼 화장실로 걸어가더니 하수구를 점검했다. 그리고 하수구가 막힌 원인을 내게 자세히 설명해줬다. "카페 손님들은 언제부터 오시죠?"라고 내게 물어 "아마 30분 뒤부터 몰려 들 거예요."라고 대답했더니 "그럼 30분 내로 뚫겠습니다."라고 말씀하셨다. 그리고 우람한 팔로 기계를 집어 드셨다.

우당탕탕. 열정적으로 하수구와 전투를 시작하시더니 10분도 안 돼 꽉 막혀있던 하수구가 뻥 뚫렸다. 다음에 또 막힘을 방지하려면 손님들이 휴지를 변기에 넣지 못하게 안내 문구를 붙이셔야 할 거라며 예방책도 말씀해주셨다. 조심스럽게 "얼마 드려야 될까요?"라고 물으니 "10만 원만 받겠습니다."라고 시원하게 말씀하신다. 저번에 온 업체에서는 20만 원이나 받았었는데.

"저번에 온 업체에서는 되게 성의 없이 뚫어주시던데"라고 말했더니 "나이 드신 분이 하셨었죠? 이제는 세대교체가 돼야죠! 이것도 쉬워 보이지만 아무나 할 수 있는 일이 아닙니다."라고 호쾌하게 말씀하신다. 그리고 "한 달 내에 똑같은 원인으로 하수구 막히면 그땐 무상 A/S 가능하니 연락주세요."라고 말씀하시더니 성큼성큼 문으로 나가더라.

멋있었다. 자신의 일에 자부심을 느끼는 그의 모습이 정말 멋있었다. 직업에 귀천이 없다는 말이 최소한 그에게

는 해당되는 것 같았다. 어떤 일을 하느냐가 아니라, 그
일을 어떻게 하느냐가 사람의 멋을 만든다는 것. 10만
원 짜리 변기를 뚫고 얻은 10만 불짜리 교훈이었다.

소
소
한
행
복

호주 멜번에 있을 때, 천장에 단열재 까는 일을 했다.
단열재에 박혀있는 촘촘한 유리가루를 막기 위해 통으
로 된 작업복을 입고, 장갑을 끼고, 마스크와 고글을 쓰
고 중무장을 했다. 그렇게 중무장을 해도 유리가루는 어
김없이 옷을 뚫고 들어와 피부에 박혔다. 기온은 35도
가 넘어갔고, 덕분에 뜨겁게 달궈진 비좁은 지붕 아래서
땀을 뻘뻘 흘리며 일을 했다.

"Let's wrap it up!!!"
빨리 해치워버리자는 저스틴의 말을 듣고 파이팅 넘치
게 일을 마치고 나와, 그늘을 찾아 머리를 맞대고 시멘

트 바닥에 드러누워 서로 이야기를 나눴다. 보스에 대한 이야기, 이성친구에 대한 시시콜콜한 이야기, 주말에 있을 파티에 대한 이야기. 별 영양가 없는 시답잖은 이야기들.

그늘은 서늘했고, 바람은 선선했다. 그늘 덕분에 시원해진 시멘트 바닥에 누워 쳐다본 하늘은 참 맑았다.

내가 행복했던 순간을 떠올리면 항상 이 장면이 머리에 떠오른다. 행복엔 그렇게 많은 것들이 필요하지 않은 것 같다.

정말 수고 많으셨습니다

작년 연말 밤, 녹초가 된 몸으로 택시를 탔다. 정신없이 졸다가 택시에서 내리는 내게, 기사 아저씨가 이렇게 말을 건넸다.

"올 한 해 정말 수고 많으셨습니다."

낯선 사람에게 듣는 '수고 많으셨습니다'라는 말에 콧잔등이 시큰해졌다. 새해 복 많이 받으라는, 새해도 파이팅하자는 그런 미래지향적인 말보다 훨씬 더.

아마 내가, 우리가 필요한 건 '새해에도 힘내자'는 버거운 말보다 '올 한 해 정말 수고했어'라는 작은 위로 아닐까.

허무는 과정 인생은 집을

나는 매년 삼촌이 계시는 시애틀로 휴가를 간다. 올해도
마찬가지였다. 시애틀의 웬만한 곳은 다 가봤기 때문에
이번엔 어딜 가지 고민하다 근처 포틀랜드에 가보기로
했다. 근처라기엔 차로 두 시간이 넘게 걸리는 곳이었
다. 힙스터의 도시, 꼭 한번 가보고 싶었던 카페 스텀프
타운이 있는 나라, 포틀랜드. 한껏 기대에 부풀어 새벽
부터 포틀랜드를 가기 위해 분주한 내게 삼촌이 물었다.

"오늘은 어딜 갈 거니?"

"포틀랜드에 가보려고요."

"포틀랜드? 며칠 동안?"

"그냥 오늘 하루만 갔다 오려고요."

삼촌은 별말 없이 잘 다녀오라며 내가 렌트한 자동차 타이어의 바람을 체크해주셨다. 바람이 많이 빠져 위험할 수도 있다며, 내게 타이어에 바람 넣는 법을 알려주셨다. 그리고 급히 집으로 들어가시더니 동전을 한 무더기 들고 나와 내 손에 쥐여주셨다. 주유소에서 바람을 넣으려면 동전이 필요하다고 하셨다. 삼촌에게 고맙다는 말을 건네고 차에 올라탔다.

삼촌이 알려주신 대로 주유소에서 타이어를 점검하고 두 시간쯤 운전하니, 포틀랜드에 도착했다. 점심을 서둘러 먹고 포틀랜드 시내를 돌아다녔다. 기대했던 것과 달리 포틀랜드 시내는 시애틀 시내와 다를 바 없었다. 아쉬웠다. 스텀프타운을 비롯한 유명한 카페를 몇 군데 찾아갔다. 글쎄, 시애틀의 카페와 다를 게 없었다. 이대로

가면 아쉬울 것 같다는 생각을 했지만, 어느덧 해가 기울고 있었다. 자세히 보지도, 느끼지도 못했는데 벌써 떠날 시간이 된 것이다. 아쉬운 마음 한 가득이었지만 너무 어두워지기 전에 서둘러 출발했다.

어둠은 생각보다 빨리 찾아왔다. 도로엔 가로등이 없어 운전하기가 힘들었다. 더군다나 비가 미친 듯이 쏟아졌다. 비 사이로 보이는 앞 차량의 후미등을 따라 겨우 운전했다. 어둠에, 쏟아지는 비에 정신이 멍해졌다. 순간 집중을 잃으면 사고가 날 수도 있다는 생각에 온 정신을 집중해 운전했다. 다행히도 사고는 없이 삼촌 집에 도착했지만, 몸과 마음이 녹초가 됐다. 내가 여행을 하러 포틀랜드를 간 건지, 운전연습을 하러 포틀랜드에 간 건지. 내 선택이었지만 약간은 후회스러웠다. 나를 반기는 삼촌과 함께 늦은 저녁 식사를 했다. 포틀랜드는 어땠냐고 삼촌이 물었다.

"괜히 갔다 왔어요, 포틀랜드. 뭐 볼 것도 없고, 가는 길도로 상태도 별로고. 비는 왜 그렇게 많이 오는지. 근데 미국엔 가로등이 왜 이렇게 없어요? 진짜 앞 자동차 불빛 빼곤 아무것도 안 보였어요."

내 푸념을 가만히 듣던 삼촌은 이렇게 말했다.

"삼촌 예전에 대학원 다닐 때, 여기서 포틀랜드까지 매일 통학했었어. 길도 험하고, 그 넓은 포틀랜드를 하루 만에 갔다 오는 건 무리지."

도대체 왜 말리지 않으셨냐고 묻고 싶었지만 내가 선택한 일이었다. 삼촌은 밥을 드시다 허공을 응시하시더니 이렇게 말씀하셨다.

"다 좋은 경험이야. 삼촌은 어렸을 때, 시골에서 벗어나려고 돈 한 푼 없이 미국에 왔어. 미국에 대한 환상도 컸고, 삼촌 나름의 꿈도 컸지. 미국에서 절에 들어가 스님 생활도 해보고, 집이 없어서 노숙도 해보고. 그러다 한

의학에 빠져서 뒤늦게 공부도 질릴 만큼 해봤어. 그렇게 살다 보니 삼촌이 머릿속에 그렸던 꿈이 하나, 둘 깨지기 시작하더라."

삼촌은 반찬을 몇 개 더 집어 드시다가 말을 이어가셨다.

"사람들은 머릿속에 자기 자신만의 집을 짓고 살아. 꿈이라는 집을 짓고 살지. 삼촌은 인생이 그 집을 허무는 과정이라고 생각해. 직접 경험하면서 머릿속에 지어놓은 꿈이라는 집을 허물어 가는 과정인 거지. 그러니까 뭐든 직접 경험해봐야 해. 안 그러면 평생 상상의 집을 만들면서 살아갈 테니까."

보통 어른들은 내게 꿈을 꾸라고, 꿈을 이루라고 말을 하는데 삼촌은 달랐다. 직접 경험하고, 부딪치면서 꿈을 깨라고 말씀하셨다. 포틀랜드를 하루 만에 갔다 온다는 내 어리석은 선택을, 삼촌은 말리지 않으셨다. 그저 타이어에 공기 넣는 법을 알려주시고, 내 손에 동전 무더기를 쥐여주신 게 전부였다. 내가 직접 경험할 수 있게 도와준 게 전부였다. 지금에서야 생각해보니 그 모든 게, 내 마음 한구석에 지어놓았던 작은 집을 허물어주기 위함이었나 보다.

호
주
의
레
스
토
랑

호주 멜번에서 했던 단열재 작업 마지막 날. 섭씨 34도
의 날씨에 단열재를 까느라 작업복은 걸레가 됐다. 누가
봐도 내 모습은 딱 거지꼴이었다. 작업이 끝나고, 매니
저인 ROB은 마지막 날이니까 진짜 맛있는 걸 먹으러 가
자며 나를 차에 태웠다. 우리가 도착한 곳은 고급 레스
토랑이었다. 레스토랑은 화려했고, 내 모습은 누추했다.

들어갔다 쫓겨나는 건 아닌지 걱정하는 사이 ROB은 레
스토랑 안으로 당당히 들어갔다. 나도 얼떨결에 뒤따라

들어갔다. 참 놀랍게도 레스토랑 매니저는 우리를 친절히 테이블로 안내했고, 다른 손님들과 하나도 다를 것없이 우릴 친절하게 응대했다. 주문을 마치고 주변을 둘러보니 다들 깔끔한 정장 차림이었다. '한국이었으면 가능했을까?'라는 생각을 했다. 쉽게 답을 할 수가 없었다.

안에 있던 손님들도 우릴 흘겨보거나 눈치 주지 않았다. 그들은 그저 함께 온 사람들과 행복한 시간을 보내고 있었다. 신경 쓰는 건 나였지, 그들이 아니었다. 나도 그제야 시선에서 벗어날 수 있었다. 내가 주문한 양고기 스테이크가 나왔고, 나는 세상에서 가장 누추한 옷차림으로 세상에서 가장 맛있는 스테이크를 먹었다.

그때, 그곳이 가끔 그립다. 몸은 지치고 힘들었지만, 마음만은 가장 가벼웠던 그때가. 시선을 남이 아닌 자신에게 두는 사람들 사이에서, 내 마음 가장 편안했던 그곳이.

생
기
있
는
삶

"생기있는 삶을 살아야 돼요"

오래 전, 한 친구가 내게 해준 말이다. 머리는 복잡하고,
시선은 흐리멍덩하고, 무엇하나에 집중을 하지 못했던
나였다.

아이디어가 넘치고, 새로운 사람들을 만나고, 새로운 일
들을 생각하던 예전과 달리 나는 썩은 동태였다. 생기있
는 삶을 살아야 한다는 그의 말에, 나는 퇴사를 했다.

통장에 80만 원이 있었다. 의형제와 같은 형 생일 케익

3만 원이 아까울 정도로 금전적 여유가 없었다. 다급히
알바를 찾았고 늦은 나이에 내 신분은 알바생이 됐다.

근데 그의 말대로 생기를 되찾았다. 전에 하지 못하던
생각을 하게 되고, 잃었던 삶의 패턴을 찾기 시작했다.
죽어가던 내게 "생기있는 삶을 살아야 돼요."라고 말해
준 그 친구 덕에 나는 다시 살아나기 시작했다.

지금의 나를 그 친구가 본다면 어떤 말을 할까?
"생기있는 삶을 살고 있네요."라고 할까 아니면,
"또다시 생기를 잃었네요."라고 할까.

양
보
단
질

첫 해외여행이 생각난다. 도쿄였다. 짧은 시간 내, 최대한 많은 곳을 가보려고 했다. 최대한 많은 곳을 찍고, 많은 것을 경험하고 싶었다. 여기저기 발자국은 많이 남겼다. 근데 여행하고 나서 남는 게 별로 없었다. 발이 많이 아팠다는 사실만 기억에 남는다.

이후엔 한 곳에 머물더라도 최대한 그곳을, 그곳의 사람을, 그곳의 문화를 느끼려고 노력했다. 한 곳을 가도 그곳에 대해 깊게 생각하려 노력했다. 그곳의 삶과 내 삶을 비교하며, 나 자신을 돌아보는 시간을 갖으려 노력했다.

난 모든 인간이 각자의 삶 속에서 각자의 여행을 하고 있다고 생각한다. 너무 거창한 생각인가? 뭐 어쨌든, 삶에서 다양한 경험을 하고, 많은 사람을 만나고, 많은 것들을 해보는 건 중요한 일이다. 하지만 그보다 더 중요한 건 그 경험 속에서, 지금 만나고 있는 사람 곁에서 '얼마나 깊게 느끼고 생각하느냐'가 아닐까?

길
을
걷
는
사
람

시골 마을에서 태어난 삼촌은 20대 초반에 푼돈을 가지고 홀로 미국으로 떠났다. 미국에 도착해서 한국인에게 사기를 당하고 남은 돈 고작 75센트. 살아야 했기에 노숙도 하고 막노동 판에서 일도 하면서 20대를 버티셨다.

현재 쉰 살을 앞둔 삼촌은 한의학 박사 학위를 따고 8년째 시애틀에서 한의원을 운영하고 계신다. 주변 한인들은 삼촌을 의사 선생님이라고 부른다. 여기저기서 강연을 하고 다닐 정도로 찾는 사람도 많다. 집도 혼자 살기에 허전할 정도로 크다. 노숙하던 20대 시절에 비하면 크게 성공했다고 말할 수 있다.

근데 삼촌은 종종 내게 이렇게 말한다.

"지금은 삶이 그렇게 즐겁지가 않아. 오히려 예전에 힘들었던 시절이 더 즐거웠지."

"왜요, 삼촌?"

"그때는 힘들었지만, 목표가 있었고 그걸 향해서 하나씩 이뤄나가는 게 즐거웠거든."

지금은 남부럽지 않게 살고 계시지만 예전이 즐거웠다는 삼촌 이야기를 듣고 이런 생각을 했다.

'행복을 만드든 건 결과가 아니라, 결과를 향해 걸어가는 과정이구나.'

난 결과에 머무는 사람이 아니라,

언제나 결과를 향해 걷는 사람이 되고 싶다.

길 끝에 머무는 사람이 아니라,

끝없이 길을 걷는 사람이 되고 싶다.

가
볍
지
않
은
고
민

십 십
년 년
전 후
의 의
내 내
게 가

뭐가 그렇게 조급하니. 그거 알아? 10년 뒤면 네가 지금 하고 있는 고민들 정말 아무것도 아닌 게 될 거야. '내가 저렇게 귀여운 고민을 했다고?' 이렇게 느낄걸? 네가 고민하는 미래니, 꿈이니 이런 것들. 10년 뒤에는 잘 생각도 나지 않을걸? 네 꿈이 진심이 아니라는 말은 안 할게. 그냥 그렇게 될 거란 말이야.

그러니까 미래에 대한 귀여운 설계는 그만하고 한 번 맘껏 날아다녀 봐. 하고 싶은 거 있으면 그냥 하고, 보고 싶은 사람 있으면 그냥 만나고, 가고 싶은 곳 있으면 그

냥 가봐. 장담하는데 몇 년 너 하고 싶은 대로 산다고 해
서 절대 인생 망하거나 그러지 않아. 오히려 훨씬 풍요
로워질걸?

나랑 약속 하나만 하자.
부디 맘껏 날아다녀.
더 멀리, 더 깊게, 더 넓게.
너의 지금이 더 사랑스러워질 수 있도록.

편
치
않
은
위
로

"지금 다니는 회사를 견딜 수가 없어요."

이렇게 말하는 그에게 그만둬도 괜찮다고 했다. 내가 굳이 권유하지 않아도 그는 언젠가는 그만두게 됐을 것이다. 이미 그의 몸과 마음은 산산조각 나기 직전이었다. 무너지는 건 시간문제였다.

"괜찮아. 일단 그만두고 쉬자."

달리 위로할 방법이 없어 이렇게 말은 했으나 마음이 썩 편치는 않았다. 일단 쉬는 게 맞는데, 쉬고 난 이후가 그려지지 않았기 때문이다. 쉰다고 해서 지금보다 더 나은 곳을 걸을 거란 보장이 없었다. 쉬고 난 이후에도 지금과 같은 상황이 반복될 거란 걸 알고 있었다. 똑같은 상황이 반복됐을 때, 그땐 쉬라는 위로의 말을 뱉는 것조차 그의 마음을 다치게 할 거라는 걸 알기에 마음이 썩 편치 않았다.

진
짜
휴
식

하는 일도 없고, 여가 시간도 많고. 나는 나름 잘 쉬는
삶을 살고 있다고 생각했는데, 착각이었어. 몸만 쉬고
있었거든. 마음은 돌보지 않고.

몸만 쉰다고 휴식이 아니라,
생각을 쉬어야 진짜 휴식이라는 걸,
한참 뒤에 내 맘이 부서지고 나서야 깨달았어.

붐비는 지하철에서도 동생은 고민이 많다. 어떤 선택을
하려고 하는데 못 하겠단다. 못 하겠다는 수많은 이유를
종합했더니 한 단어로 좁혀진다. 미래. 미래가 걱정돼서
못 하겠단다.

"나중에 결혼하려면 집도 사야 하고, 애 낳으면 양육비
나 이런 건 어떻게 처리해요. 그러니까 일단은 남들처럼
취업도 하고 돈도 벌고 해야죠."

선택의 기준을 미래에 두고 있는 동생의 말을 듣다 보니
어지간히 답답했나 보다. 동생에게 몹쓸 말을 내뱉었다.

"너 결혼 못 해 이 자식아. 애는 무슨. 네가 결혼할 거라는 보장 있어? 평생 솔로로 살 수도 있어 인마. 아니, 결혼하기 전에 살아있을 거란 보장은 있어?"

"아니, 형 무슨 말을 그렇게 해요."

"미래는 없다고. 과거는 지나간 현재고, 미래는 다가올 현재야. 미래는 없어. 원래 존재하지 않는 거라고. 네가 아무리 예상하고 계획해봤자 네 생각대로 절대 펼쳐지지 않는다고. 절대. 왜 자꾸 지금의 선택을 미래라는 놈 때문에 망설여. 선택의 기준은 미래가 아니라 '현재'라고."

"…"

"됐고, 너 결혼 못 할 거야. 그러니까 네 미래에 결혼이 없다고 생각하고 다시 한 번 생각해봐."

지금 생각하니 결혼 못 할 거라는 말은 잘못됐던 것 같다. '너, 결혼 못 할 수도 있다.'라고 말했어야 했는데.

수
박
겉
핥
기

영업직을 하고 싶다는 친구가 있었다. 왜 굳이 영업직이
냐 물었다. 자신은 사람 대하는 일을 좋아하기 때문이란
다. 성격도 외향적이고 타인을 만나 설득하는 과정을 즐
긴단다.

그 친구는 알까? 사람 만나는 게 일이 되는 순간, 사람
만나기를 좋아하던 사람이 사람을 회피하게 되고, 외향
적인 성격이 일과 사람에 치여 내향적으로 바뀔 수도 있
다는 사실을.

생각보다 자신의 진로를 겉만 핥아보고 확신하는 친구

들이 많다. 속을 파헤쳐 볼 생각은 않고, 잠깐 겉만 쓱 핥아보고 그것을 판단 기준으로 세운다. 그리고 그 겉과 다른 속을 만나면 자신에게 이렇게 말한다.

"이건 내 꿈이 아니었어."라고.

좋 잘
아 하
하 는
는 일
일

'잘하는 일과 좋아하는 일 중 어떤 걸 택해야 하나요?'

사람들의 단골 질문이다. 다짜고짜 저렇게 물으면 나는
별로 해줄 말이 없다. "제가 볼 땐 잘하는 일과 좋아하는
일 중 무엇을 택하느냐의 문제가 아닌 것 같아요. 뭘 선
택해야 할지 모르는, 내 선택을 남에게 묻는 자신의 상
태가 문제죠." 감히 질문의 의도를 듣지 않고 대답하자
면 이 정도밖에 대답할 수가 없다.

내겐 스물한 살밖에 안 된 카레이서 동생이 있다. 그는
일찌감치 카레이서라는 꿈을 꿨다. 그리고 운이 좋게도

일찍부터 자신이 카레이싱에 소질이 있다는 사실을 알게 됐다. 좋아하는 일과 잘하는 일이 일치한 거다.

좋아하니 열심히 했고, 잘하니 좋은 성적을 거뒀다. 어린 나이에 각종 대회에서 우승했고, 이제는 더 높은 곳을 향해 나아갈 때였다. 남들에겐 부러움의 대상이었다. 하지만 그는 고민하고 있었다.

"어릴 때부터 좋아하는 일을 찾았고 그 일이 잘하는 일이라서 행복할 거라고 생각했어요. 근데 그게 꼭 행복을 가져다주진 않더라고요. 레이싱을 하면서 더 큰 무대에서 더 높은 성적을 거두고 싶다는 생각을 했어요. 그게 제 꿈이었고, 그걸 이루면 행복할 거라고 생각했거든요. 그 하나를 위해 달려왔는데 지금에 와선 그런 생각이 들어요. 내가 과연 그 꿈을 이루면 행복해질까? 하는 생각이요. 꿈을 위해 달려갈수록 책임의 무게라든지, 타인의 시선에 대한 압박이라든지, 저를 옥죄어오는 것도 많은 것 같아요. 요즘엔 그런 생각이 들어요. 꼭 꿈을 이루는 게 행복이 아닐 수 있겠구나 하는 생각. 그냥 행복이 꿈이 돼야겠구나 하는 생각이요. 그래서 요즘은 제 행복에 대해 많이 고민하고 있어요."

사람들이 내게 좋아하는 일과 잘하는 일 중 어떤 걸 택해야하냐고 묻는다면, 앞으로는 이렇게 대답해야겠다.

"좋아하는 일인데 동시에 잘하는 일을 하며 살아도 행복하지 않을 수 있어요. 둘 중에 뭘 택하느냐 고민하지 말고 '내 행복'은 무엇인지 고민해보는 게 어떨까요?"라고.

행
복
해
보
일
뿐

주변 둘러보면 다들 행복해 보이지?

근데 실제론 그렇지 않아.
모두가 불행을 안고 살아가고 있어.
불행을 안고 살아가지만, 찰나의 순간에 찾아오는 행복
을 놓치지 않기 위해 노력하는 것뿐이야.

넌 단지 그 찰나의 순간을 본 거고.

수험생의 어깨

얼마 전 카페에 고등학생 한 명이 찾아왔다. 무려 수능 시험을 일주일 앞둔 고3 수험생이었다. 근데 수능을 보기도 전에 재수 준비를 한단다. SKY를 가야 한단다. 이유를 물었다. 내가 13년 전 고등학교 때 학교 선생님, 학원 강사에게 들었던 이유와 같았다. 꼭 그렇지 않다고 이야기해봤지만 그럼에도 불구하고 SKY란다.

이야기를 멈췄다. 계속해서 대학이 전부가 아니라는 소리를 할 순 없었다. 나중에는 그 친구의 생각이 달라질 수도 있지만, 지금 그의 경험으로는 대학이 '전부'일 거란 사실을 알기 때문에. 단 하루를 위해 19년을 살아온 것 같다는 그 기분이 얼마나 엿 같은지 알기 때문에. 또 다시 기약 없는 하루에 올인하기 위해, 1년을 바쳐야 하는 그 친구의 무거움을 감히 짐작할 수 없었기 때문에.

환
경
탓

"대학교에 다니는데 제가 다니는 과가 진로와 많이 상관
없는 것 같기도 하고. 학교에 의미가 없는 것 같아 고민
이에요. 다른 애들은 잘 다니는 것 같은데 제가 이상한
건가요?"

대학 전공과 자신이 꿈꾸는 진로가 매칭되지 않는다는
고민이다. 그건 이상한 게 아니라 당연한 거라 말해줬더
니 아리송한 표정을 짓는다.

"대학에 오는 19년 동안 우리가 진로를 생각해볼 기회
를 갖긴 했니? 그냥 더 좋은 대학, 더 취업 잘되는 과에
가려고 열심히 시험공부 한 거 빼곤 한 게 없잖아? 진로
를 생각해볼 기회조차 갖지 못했는데, 진로와 맞는 과를

어떻게 선택할 수 있겠어. 그거 이상한 게 아니라 당연한 거야."

아리송한 표정은 내가 이상한 게 아니라 다행이라는 안도의 표정으로 바뀐다. 그 표정을 보고 굳이 이런 이야기를 덧붙이진 않았다.

'근데 정말 자신이 가야 할 길을 아는 사람들은 자신이 무슨 과인지, 자신에게 어떤 환경이 주어졌는지에 대해 별로 대수롭지 않게 생각해. 주어진 환경을 박차고, 자신이 한 과거의 선택을 과감하게 버리고 그 길을 향해 나아갈 뿐이야.'

최
고
의
조
언

"재지 말고 사랑하세요. 그냥 다 주세요. 흔히 말하는 썸
타는 거 있잖아요. 연애하기 전에 한다는 그 썸. 그거 그
냥 하지 마세요. 돌이켜 보니까 그거 완전 시간 낭비더
라고요. 그냥 상대방에게 마음이 가면 마음을 다 줘버리
세요. 근데 그 마음을 상대방이 안 받잖아요? 그럼 그 사
람 그냥 버려요. 애매한 포지션을 취한다? 그래도 그냥
버려요. 정말 마음을 온전히 줬을 때, 그 마음을 온전히
받을 수 있는 사람을 만나세요."

이제 곧 스무 살이 될 여학생에게 서른의 언니가 해주는
조언이었다. 나도 해주고 싶은 말들이 있었지만, 조용히

입을 다물었다. 그녀가 했던 조언이, 내가 해주려 했던 조언을 다 합친 것보다 훨씬 크다는 걸 알았기 때문이다.

환상이 깨지는 데

걸리는 시간

"형, 그렇게 바라고 바랐던 회사에 입사했는데 별거 없네요. 새로울 게 하나도 없어요. 날마다 똑같은 일들의 반복이에요. 뭔가, 뭔가 가슴이 뛰질 않아요. 다른 사람들 보면 자기들의 길을 찾아 열정적으로 살아가는데 전왜 그렇지 않을까요?"

입사를 준비할 때는 누구보다 열정적으로 준비했던 친구다. 그는 자신이 바라던 회사에만 입사하면 모든 게해결된다고 생각했다. 수많은 통계가 '그건 아니야.'라고 말해주고 있었지만, 그는 완고했다. 더 큰 열정이 그 회사에 있다고 굳게 믿었다.

그의 열정이 꺼지기까진 1년이 채 걸리지 않았다. 입사를 준비하던 그의 노력은 수년이었지만, 그의 열정이 권태로 바뀌는 시간은 고작 1년이었다. 환상을 품는 시간은 수년이었지만, 환상이 깨지는 데 걸리는 시간은 고작 1년이었다.

연애
고민

"연애를 해본 적이 없어요."

"한 번도?"

"아니, 그러니까 한 번도 못 사귀었다는 게 아니라. 제가 생각하는 연애, 그 뭐냐, 사랑을 해본 적이 없다고요. 여자친구들은 저한테 맘을 잘 주는데, 저는 도무지 줄 수가 없어요. 이 사람 저 사람 만날수록 점점 더 심해지는 것 같아요. 그냥 다 이 사람이 저 사람 같고, 어떤 사람이 내게 더 이득인가 이런 것만 따지게 된다니까요? 헤어져도 아무렇지도 않아요. 애초에 헤어진다는 개념도 없는 정도니까."

가만히 듣고 있다 진심을 담아 말했다.

"넌 누군가한테 피도 눈물도 없이 까여봐야 정신을 차리겠다."

난 알고 있었다. 그 친구의 문제는 마음을 주려는 노력은 안 하고, 마음을 줄 상대만 찾고 있다는 것이었다. 어떤 대상이 나타난다고 해서 꽁꽁 얼어있는 마음이 갑자기 녹아내릴 리가 없었다. 대상을 떠나 누군가에게 앞뒤 가리지 않고 '마음을 줄 준비'가 돼 있어야 한다는 것을, 내 경험을 통해 알고 있었다.

한 때, 내 마음을 뒤집어 줄 상대를 찾아다니던 적이 있었다. 누구한테도 마음을 주지 못하고, 꽁꽁 얼어있는 내 마음을 녹여줄 상대를 찾아다니던 적이 있었다. 한참 뒤였다. 얼어있는 마음을 내가 스스로 녹이지 않으면, 아무리 좋은 상대라 할지라도 여전히 마음을 줄 수 없을 거라는 걸.

그때의 내 모습과 꼭 닮은 그 친구에게 이렇게 말했다.

"누군가한테 피도 눈물도 없이 까인다는 의미가 뭔지 알아? 누군가한테 온전히 마음을 다 퍼줬다는 의미야. 상처받고, 죽도록 힘들고, 미칠 듯이 그리워하는 것도 누군가한테 마음을 온전히 준 사람만이 가질 수 있는 특권이야. 너, 지금 상태로 누굴 만나도 마음 못 줘. 네가 바뀌어야 돼. 누굴 만나도 그냥 주려고 해 봐. 아깝다 생각하지 말고 써봐. 시간이든, 선물이든, 돈이든. 그냥 호구처럼 줘버려. 그러다가 한 번 까여보라고. 그럼 마음이 아예 괜찮지는 않을걸?"

누군가에게 재지 않고 마음을 쏟는 일이, 그에겐 정말 쉽지 않은 일이란 걸 안다. 하지만 꼭 해야 할 일이라는 것도 안다. 연애를 해본 경험이 없는 연애고자보다, 마음을 줄 수 없는 연애고자가 훨씬 더 심각한 일이니까.

저는 가수입니다

"뮤지션을 꿈꿔왔어요. 제 기준에서 뮤지션은 돈에 연연하지 않고 자기가 하고 싶은 음악을 하는 사람이에요. 전 지금까지 그렇게 살아왔어요. 제가 원하는 대로, 제가 즐거울 때 그렇게 음악을 해왔어요. 근데 이제는 돈을 생각하게 되더라고요. 저보다는 대중이 원하는 음악을 하려고요. 나중에, 결국에는 다시 뮤지션으로서의 삶을 살 거예요. 근데, 맞아요. 지금의 저는 뮤지션이 아니라 가수입니다."

어느 누구보다 자유롭게 음악을 하고, 어느 누구보다 재능이 뛰어난 뮤지션 동생의 입에서 나온 말이었다. 뮤지션이 아니라 이제는 가수라는 그의 말을 듣고 가슴 아플 법도 한데, 별로 그렇지 않았다.

그가 계속해서 뮤지션으로서의 삶을 살든, 가수의 삶을 살다가 훗날 뮤지션이 되든 상관없다고 생각했다. 어떤 선택을 하든 그는 뮤지션이 되기 위한 삶을 살아가는 거니까. 이건 단지 지금이냐, 나중이냐의 문제니까. 고작 순서를 정하는 문제일 뿐이니까.

싸움의 원인

"형, 요즘 여자친구랑 너무 자주 싸워요. 왜 싸우는 건지 모르겠는데, 그냥 사사건건 싸워요. 저도 너무 힘든데 계속 싸우게 되네요. 이유가 뭔지를 모르겠어요."

"너, 싸우고 난 다음 날 자고 나면 '내가 왜 싸웠을까'하지?"

"네, 맞아요. 어떻게 알았어요? 사실 자고 나면 별일도 아닌데 싸우게 된다니까요."

"야, 사람들은 그런다? 누군가하고 싸우면 그 사건의 원인을 분석하려고 해. 그 사건이 시작된 뿌리를 뽑아 버리면 싸움이 안 날거라 생각하지. 근데 원인을 찾아서 해결했다고 생각하면, 또 다른 곳에서 문제가 터지고 또 다시 싸우게 되지."

"완전 제 이야긴데요?"

"내 이야기기도 해. 근데 난 그러면서 깨달은 게 있어. 뭐냐면, 싸움의 원인은 '사건'이 아니라는 거야. 싸움이 일어나는 이유는 각자의 '상태'때문이라는 거지. 특정 사건 때문에 싸우는 경우는 거의 드물어. 내가 스트레스를 많이 받고 있는 상태이거나, 깊은 고민과 방황에 사로잡혀 있는 상태이거나, 슬럼프에서 허우적거리고 있는 상태이거나. 뭐가 됐든 내 마음이 좋은 상태가 아니라면 굉장히 사소한 말 한 마디로도 싸움이 일어나는 거야."

"아, 정말 맞는 것 같아요."

"내가 봤을 땐, 네가 지금 미래에 대한 불안이 가득한 상태라 그래. 네 여자친구도 마찬가지고. 싸움의 원인을 찾아서 해결하려 하기보다 일단 네가 가진 불안의 원인이 뭘까 생각해보는 게 어떨까? 네 마음 상태가 안정된다면, 싸움이 점점 줄어들 것 같은데?"

양
파
겹
질

나도 한 때 엄청나게 고민했지. 나는 왜 사나, 삶의 목적
은 뭔가. 근데 난 목적의, 목적의, 목적의 끝. 한 마디로
최고의 목적이 행복이라고 생각했어. 대부분 그렇듯 나
도 행복을 목적의 끝판 왕이라고 생각한 거지.

근데 여기서부터 또 고민이 드는 게 그럼 과연 행복이란
뭘까. 나에게 있어 행복은 무엇일까 라는 고민이 드는
거야. 여기서부터가 졸라 힘들더라고. 서른 가까이 내게
있어 행복이 뭔지도 모르고 살았던 거야.

어쨌든 각자가 생각하는 행복의 정의는 다 다르잖아. 어
떤 사람은 돈이 될 수도 있고, 어떤 사람은 명예, 권력을

얻으면 행복하다고 말할 수 있고. 어떤 사람은 남을 위해 헌신하는 삶, 봉사하는 삶이 행복하다고 말할 수 있어. 뭐 그건 개개인의 고유한 영역이니까 절대 옳다 그르다 말할 수 없는 부분이야.

근데 자기 자신은 알아. 그게 진짜인지 가짜인지. 자기가 좇는 행복이 진심인지 거짓인지. 자꾸 합리화하면서 가려도 나중에는 결국에 터지기 마련이거든. 헌신이 행복이라고 말했던 사람도 까고 까서 속내를 보면 명예가 더 우선일 수도 있고, 돈이 행복이라 말했던 사람도 까고 까면 내면의 슬픈 자아를 가진 아이가 있을 수도 있어. 근데 그건 스스로가 까고 까봐야 알 수 있는 거지. 타인은 몰라. 자기 자신만 알 수 있어.

근데 자기를 까는 게 쉽지 않지. 누가 보는 것도, 누가 듣는 것도 아닌데. 자기 자신한테 솔직해지는 게 졸라 어려운 파트라니까. 그럼에도 불구하고 양파 껍질 까듯 자기를 하나하나 까보는 게 중요한 것 같아. 각자의 행복의 정의를 찾으려면 말야.

라며 어제 타지에 있는 보고 싶은 동생과 전화 통화를
했다.

백
통
의
편
지

"엄마한테 편지를 백 통 정도는 쓴 거 같아요. 제가 하고 싶은 일을 설득하기 위해서였죠. 내가 이 일을 왜 하고 싶은지에 대해서 계속 편지를 썼어요. 그때마다 엄마는 편지를 읽지도 않고 쓰레기통에 버렸어요. 그래서 편지 봉투 앞에 이렇게 적었어요. '엄마, 제발 한 번만 읽어주세요.'라고. 봉투에 적힌 글을 보고 엄마는 처음으로 제 편지를 읽었어요. 그리고 눈물을 쏟아내셨죠. 그때부터 엄마는 내가 하고 싶은 일을 지지해주기 시작했어요. 부모님을 설득하기는 쉽지 않았어요. 부모님을 설득하기 위해서는 편지 백 통 정도의 노력은 있어야 하지 않을까요?"

문제의 원인

자꾸 이상한 사람들만 꼬인다는 친구가 있었다. 자신을 소중히 대하지 않는 사람들만 자꾸 사귀게 된다고 했다. 헤어지고 다른 사람을 만나 봤자 결국 비슷한 사람만 꼬인다고 했다.

그러다 한 번은 자신을 진심으로 아껴주는 사람을 만난 적이 있었다. 난 그를 진심으로 축하해줬다. 하지만 얼마 못 가 그 친구는 그 사람을 떠나게 됐다. 재미가 없다는 이유였다. 그리고 또다시 전과 같은 사람들을 만나고 있더라.

"난 자꾸 왜 그럴까?"라는 친구에게 이렇게 말해줬다.
"널 소중히 대해줄 누군가를 찾기 전에, 네가 너 스스로
를 소중히 생각하는 게 우선인 것 같아."

잘
못
된
질
문

"좋아하는 일을 해야 하나요?"

"잘하는 일을 해야 하나요?"

이런 질문은 대게 자신이 좋아하는 일이 뭔지,

잘하는 일이 뭔지 모르는 사람이 한다.

자기가 정말 좋아하는 일이 뭔지 아는 사람은

남들한테 이런 질문 안 한다. 그냥 하지.

정말 너무 좋아하면 앞뒤 안 가리고 그냥 하게 되니까.

그리고 정말 뭔가를 잘하는 사람은?

그런 사람들은 누가 이미 데려갔거나,

자기가 사업을 하거나, 인간문화재가 됐겠지.

저런 이분법적인 질문을 던지는 건,

이게 맞다, 저게 맞다 답하는 건,

아무 의미 없는 짓이라는 말을 하고 있는 것입니다.

밀
당

"이 세상은 밀당을 제대로 해야 살아남더라고요. 안 그러면 제가 자꾸 피해를 봐요. 밀당을 어떻게 해야 할까요?"

션의 강연이 끝나고 한 청중이 저런 질문을 했어. 션은 마이크를 잡고 이렇게 이야기했지.

"사람들이 사랑은 밀당이라고 하면서 이렇게 말하죠? '밀고 당겨야 관계가 오래간다.' 근데 언제까지 그렇게 밀당 할 건가요? 결혼할 때까지? 그러고 나서 결혼 이후에는 의리로 살 건가요? 결혼 전에는 밀당하고 결혼 후에는 의리로 살고. 그게 뭐예요."

"저는 사랑은 다 퍼주는 게 사랑이라고 생각해요. 근데

왜 상대방이 내 마음을 다 갈아 마시고 떠나버리느냐고
요? 왜냐면 그 사람은 사랑을 받아보지 못했기 때문이에
요. 그런 사람들은 누군가가 마음을 주면 이렇게 생각하
죠. '어? 이 사람이 왜 나한테 잘해주지?' 사랑을 받아보
지 못한 사람은 누군가 자신에게 마음을 주면 불편하게
생각해요."

"밀당 하느라 골치 아픈 생각하지 마세요. 인생은 모든
걸 퍼주며 사랑하고 결혼하고 그렇게 살아도 너무 짧아
요. 혹시 나중에 떠날지라도 내가 사랑하고 싶은 만큼
다 퍼주는 게 나중에 아쉬움이 남지 않아요. 여러분, 오
늘 제가 말한 거 다 까먹어도 되니까 이거 한 마디만 기
억하세요."

"사랑은요. 다 내어주는 거에요."

바보가 돼버려

"그냥 한 번 바보가 돼 봐. 남들에게 뭘 그렇게 잘 보이려고 노력해? 네가 가지고 있는 바보스러움을 마음 깊숙한 곳에서 꺼내 표출해봐. 네 솔직한 모습을 드러내 보란 말이야. 처음엔 사람들이 '쟤 왜 저러지?'하다가도 나중엔 그게 진짜 네 모습이라는 걸 알아챌 거야. 그럼 그때 사람들이 널 이렇게 생각할걸? '쟤 진짜 솔직하다.'라고. 그리고 그 솔직한 모습에 결국 사람들은 이렇게 생각할 거야. '참, 멋있는 사람이다.'라고."

평범하게
살고 싶은데

"예전엔 남들과 다르게 살고 싶었는데, 지금은 그냥 평범하게 살고 싶다. 그냥 남들처럼 회사 다니면서 월급 받으면서 그렇게 살고 싶어. 근데 그 일이 이렇게 힘든 줄 몰랐다. 내가 생각하던 평범한 삶이 이렇게 힘든 삶인 줄 몰랐어. 평범하게 사는 거, 왜 이렇게 힘드냐."

재
직
동
기

회사에 그저 '돈 벌러' 다니는 사람들이 오히려 회사를
오래 다니더라. 그들은 회사에 기대 따위 하지 않는다.
그들에게 회사는 그저 '돈 벌러' 다니는 곳, 그 이상도
이하도 아니다. 일도 자기가 받는 만큼만 딱 하고, 그 외
에 에너지를 쏟지 않는다. 자기가 받는 것 이상을 하는
건 낭비라고 생각한다.

반대로 회사에 거는 기대가 큰 사람은 금방 지치더라.
회사에서 내 자아를 실현하려다 무릎 꿇게 되고, 사내
사람들과 인간적인 관계를 맺으려다 상처받게 되고, 주
도적으로 무언가를 하려다가 가로막히게 되고. 그런 경
험들이 하나하나 쌓이다 보면 '나는 이 회사와 맞지 않

는 사람이구나.'라는 결론을 내리고 퇴사를 준비하게 된다.

입사하기 전엔 〈지원 동기〉란에 '돈 벌기 위해서요.' 라고 쓸 수 없었을 거다. 하지만 입사했잖아? 그러니 최소한 〈재직 동기〉는 '돈 벌기 위해서 다녀요. 거, 당연한 거 아니요?'라고 해도 되는 거 아닌가? 회사에 상처받아 허둥대는 분들, 회사 그냥 돈 벌러 다녔으면 좋겠다. 크고 작은 상처 쌓여 늪에 빠지지 말고.

오줌과 고민

고민은 오줌 같다.

오줌이 마려울 때, 오줌이 마렵다고 생각하면 더 마렵다. 반대로 오줌을 참아야 한다는 생각을 하면? 역시 더마렵다. 무슨 생각을 하건 오줌이라는 것에 '집중'하면오줌은 더 마려운 법이다. 그럴 땐, 오줌 외의 것에 집중해야 한다. 노래를 부르거나, 친구와 통화를 하거나, 여행 계획을 세우거나.

대부분의 고민도 그렇다. 고민에 집중하면 할수록 해결되기는커녕 고민은 더 깊어지고 커진다. 그럴 땐 잠시나

마 고민 자체를 잊어야 한다. 고민 말고 '고민 외의 것'에 집중해야 한다. 작은 고민에 집중하다 고민이 걷잡을 수 없이 커져 버리면, 그땐 스스로 어찌할 수 없는 상황이 올 수 있으니.

휴
학
하
세
요

빨리 졸업하려고 하지 마세요.

너무 섣불리 자신의 미래를 확신하고 전력질주하지 마
세요. 할 수 있는 만큼 휴학하세요.

쉬는 동안 천천히, 느긋하게 내 현재를 즐기고 사유하
고 미래를 그려보세요. 최대한 천천히요. 순간엔 뒤처진
다고 느낄 수 있어요. 근데 당신이 뒤처져있다고 느끼는
그 순간들을, 앞서 가고 있는 누군가들은 굉장히 부러워
할 걸요?

반복해서 말하지만, 휴학하세요. 그리고 천천히, 천천히 경험하고 느끼고 사유하세요. 취업이 끝이라고 생각하고 달리고 계실 테지만, 입사 후에 바로 깨달을 테니까요. 이제 겨우 시작이라는 걸.

결
이
맞
는
사
람

아무리 심지가 굳은 사람이라 하더라도 주변에서 틀리다고 말하면 흔들리기 마련이다. 아무리 강인한 사람이라 하더라도 모두가 틀리다고 말하면 자신이 걷고 있는 길을 의심하기 마련이다.

그럴 때 계속 자신의 길을 걸어갈 수 있는 간단한 방법이 있다. 자신을 향해 틀리다고 말하는 그 집단을 벗어나는 것이다. 그리고 자신을 향해 옳다고, 맞다고 말해주는 집단 안으로 들어가는 것이다.

또라이라는 소리를 자꾸 듣는다면 또라이 집단으로 들어가면 된다. 틀리다는 소리를 듣는다면 나와 같이 틀린 짓을 하는 집단으로 들어가면 된다. 너무 이상적이라는 소리를 듣는다면 이상을 추구하는 사람들과 함께 하면 된다. 자신과 '결'이 맞는 사람들과 함께하면 된다.

그 사람들은 당신에게 이렇게 말해줄 것이다. '네가 맞아.'라고. 그리고 그 이야기를 계속 듣다 보면, 당신은 그제야 깨달을 것이다. 내가 틀렸던 게 아니라, 나를 향해 틀리다고 손가락질했던 그들이 틀렸다는 것을.

엄
연
한
차
이

주변에 과하다 싶을 정도로 당신을 막 대하는 사람이 있나요? 하지만 가까운 사이라 참고 넘어가는 경우가 있나요?

착각하지 마세요. 그는 당신과 친해서, 당신이 편해서 당신을 막 대하는 게 아닙니다. 그 사람은 당신과의 관계를 딱 그 정도라고 생각하니까 막 대하는 거죠. '허물 없이 대하는 것'과 '함부로 대하는 것'은 엄연히 다릅니다.

회사생활 잘하는 법

친구가 말했다.

회사 생활을 잘하려면,
그냥 '열심히' 해서는 안 돼.
일을 '잘' 하는 것만으로도 부족해.
일을 '잘하는 것처럼 보이는 게' 제일 중요하다.

다 그
해 러
봐 니
　 까

20대는 재지 않고 이것저것 다 해보는 시기고
30대는 그 중 하나를 선택해 깊게 파는 시기고
40대는 그걸로 성과를 거두는 시기야.

그러니까 지금은 재지 말고 다 해봐.

얕게 파세요

한 우물을 무작정 깊게 파지 말고,
여러 우물을 이곳저곳 얕게 파세요.

우리가 인생을 얼마나 살았다고,
한 우물을 보자마자 내 우물이라고 확신할 수 있나요?

이 우물 저 우물 파보다가 경험이 쌓이고 선택의 기준이
확립되면 어느 순간 확신이 드는 우물을 발견할 겁니다.

그때부턴 그냥 그 우물을 깊게 파면돼요.
그러니 그때까진 그냥 얕게, 많이 파세요.

내
것
을
할
뿐

미국 쌍둥이 빌딩에 줄을 연결해 아무런 안전장비 없이
그 위를 건넌 남자가 있었다. 그 남자에게 사람들은 물
었다. 도대체 왜 그렇게 위험한 짓을 하려고 하나요? 그
남자는 말했다. "이유는 없어요. 그냥 가장 높은 곳에 올
라가는 게 어렸을 적부터 가장 하고 싶었던 일이에요."

그 대답이 충분치 않았는지 사람들은 도대체 왜 그런 미
친 짓을 하려는 건지, 왜 그렇게 위험한 짓을 하려는 건
지 계속해서 물었다.

하지만 사람들의 질문은 곧 멈췄다. 그가 실제로 쌍둥이

빌딩의 줄 위에 서 있는 장면을 본 순간, 사람들은 더 이상 이유를 묻지 않았다. 그저 닥치고 그 장면을 경이로운 눈으로 쳐다봤을 뿐이다.

남들의 질문에 굳이 답할 필요 없다. 남들에게 증명하려 억지로 무언가를 할 필요도 없다. 그저 내 일을, 나를 위해 하면 된다. 그럼 언젠간 남들은 입은 다물게 될 거고, 당신은 당신의 길 위에서 즐겁게 걷고 있을 테니.

후회를 줄이는 법

"전 영업을 하고 싶어요."

"외향적인 성격이고 사람 만나는 걸 좋아하니까요."

입사한지 얼마 되지 않아 깨달았다.

굉장한 착각이었다는 걸.

현실은 내 상상과 완전히 다르다는 걸.

실체를 자세히 들여다보려 노력하지 않았다. 철저히 내

'상상'에 의존한 선택이었다. 실제로 경험해 본 현장은 내가 상상했던 것과는 아주 많이 달랐다. 오히려 내성적인 사람이 영업을 더 잘하는 사례를 많이 봤고, 사람을 만나는 것과 영업할 상대를 만나는 것은 완전히 다른 일이었다. 그리고 사람을 만나는 일 외에도 굉장히 많은 일들을 처리해야 한다는 사실을 알게 됐다.

직업 선택에서 가장 흔히 저지르는 오류는, 선택의 기준을 자신의 상상에 둔다는 것이다. 직업 선택의 기준은 막연한 상상보다는 '경험'이 되어야 한다. 직접 경험이 힘들다면 그 현장에 있는 다양한 사람들의 이야기를 통해 '간접 경험'이라도 해야 한다. 그래야만 상상과 현실의 격차가 줄어들어 선택에 대한 후회를 줄일 수 있다.

핸
들
을
잡
아

상상해봐요. 값비싼 차를 타고 운전석에 앉아서 고속도로를 달리는데 옆에 있는 사람이 갑자기 핸들을 잡으면 어떻겠어요? 불안하지 않겠어요? 반면에 덜덜거리는 똥차를 타도 당신이 핸들만 꽉 잡고 있다면 최소한 불안하진 않잖아요?

인생을 차로 한 번 생각해봐요. 난 그 차의 핸들을, 당신이 꼭 잡고 갔으면 좋겠어요. 타인이 대신 잡도록 내버려 두지 않았으면 좋겠어요. 난 당신이 어떤 차를 타든 관심 없어요. 중요한 건 인생의 핸들을 당신 손에서 놓지 않는 거예요. 그거 하나면 돼요.

선택장애

나는 선택장애가 있었다. 아니 선택할 힘을 잃어버렸다는 게 정확한 표현일 것이다.

중학교 3학년 2학기 때 갑자기 전학을 간 것도, 대학을 지방 국립대가 아니라 서울 사립대를 간 것도 온전한 내 선택이 아니었다. 주변의 선택에 끌려갔을 뿐이다. 20년을 그렇게 살다 보니 내가 앞으로 뭘 선택해야 할지 알 수가 없었다. 무엇을 선택해야겠다는 의지조차도 없었다.

그러다 군대를 전역하고 호주 워홀을 가야겠다는 선택을 했다. 처음으로 부모님의 동의를 구하지 않고 스스로

결정했던 것 같다. 워홀을 가는 공식적인 이유는 집안 사정 겸 영어공부였다. 하지만 실제 이유는 일탈이었다. 지금까지의 나라는 굴레에서의 일탈.

워홀은 모든 게 선택이었다. 비행기에서 내려서 남은 돈은 딸랑 70만 원. 일을 선택해야 했다. 무작정 이틀 동안 공장 청소를 하다 잘렸다. 곧장 이삿짐센터 일을 선택했다. 내 덩치를 믿었지만, 난 호주 형들에 비하면 아기 수준이었다. 작은 덩치 때문에 일주일 만에 잘렸다. 그 뒤로 리조트 하우스 키핑 일을 시작했다. 3달 동안 일을 하다 최저시급에 못 미치는 월급에 부당함을 느끼고 일을 그만뒀다. 같이 일했던 동료들과의 정, 한국인 사장의 온화한 회유에도 냉정하게 그만두겠다는 선택을 했다. 돌이켜 보면, 이 때가 내 인생 최초의 '그만둠'이었던 것 같다. 주변을 신경 쓰지 않고 온전히 나 스스로 그만둠을 선택한 것이다.

그 후로는 선택들이 제법 쉬워졌다. 시작과 그만둠을 꽤 자유롭게 되풀이했다. 온 몸에 유릿가루가 박히는 단열재 작업을 시작했고 3달이 지나 다른 지역에서 청소부 일을 시작했다. 1달 만에 너무 무료하고 지루하다는 생각으로 청소부 일을 그만뒀고, 곧장 맥도날드와 마트에서 투잡을 뛰며 일을 시작했다. 그리고 워홀 11개월 차, 한국으로 돌아가겠다는 선택을 했다. 1년을 꼭 채워야겠다는, 한 달을 더 일 해 500만 원을 더 벌겠다는 게 별 의미가 없게 느껴졌기 때문이다. 그렇게 나는 한국으로 돌아왔다.

호주 워홀은 내게 '스스로 선택할 힘'을 되찾을 수 있는 계기였다. 누군가에게 끌려다니는 삶을 살다, 더는 끌려다닐 사람이 주변에 없었기에 모든 걸 스스로 선택해야만 했다. 처음엔 어려웠던 선택들을 거듭하다 보니 어느덧 선택하는 것이 두렵지 않게 됐고, 그때부터 비로소 자유를 느끼게 됐다. 그리고 33살인 지금까지, 난 호주 워홀에서 했던 일들을 되풀이하고 있다. 시작과 그만둠. 이 두 선택을 온전히 스스로 하기 위해 노력하고 있다.

과거의 나는 삶의 목적에 대해 많은 생각을 했다. 하지만 지금의 나는 삶의 이유나, 삶의 목적이나, 삶의 의미에 대해서 그다지 생각하지 않는다. 더 이상 행복이 뭘까 고민하지도 않는다.

내가 선택한 것들이 곧 나의 삶의 이유가 될 것이고, 삶의 목적이 될 것이고, 삶의 의미가 될 것이기 때문이다. 내 의지대로 선택하는 삶이 행복한 삶이라고 생각하기 때문이다.

앞으로도 이렇게 살고 싶다.
계속해서 내가 스스로 선택하며 살아가고 싶다.

끝없는 선택 속에서

불안과 권태 사이를

왔다 갔다 방황하는

우리에게

"인간은 노력하는 한 방황하는 법이다"

〈파우스트〉

가볍지만 가볍지 않은

초판 1쇄 발행 2019년 4월 8일
초판 6쇄 발행 2021년 3월 4일

지은이 강주원
펴낸이 강주원
펴낸곳 비로소

이메일 biroso_publisher@naver.com
인스타그램 @biroso_publisher

등록번호 2019년 9월 10일(제2019-000030호)

ISBN 979-11-966565-0-8 03810